廖玉蕙

搭車尋趣散文選

汽車冒煙之必要

目錄

輯二■出門尋日月

輯三■從冬天開往春天

輯四　汽車冒煙之必要

自序

冒煙的，豈止於汽車

交通工具的流動性，總帶給人最大的想像空間。文學或電影裡，小說家與導演最青睞火車的神祕。汽笛的悲鳴，讓人產生既悲傷又充滿期待的聯想，一逕承載著人們對旅行的渴望和鄉愁。鍾芭・拉希莉的長篇小說《同名之人》的重要線索就在一列出軌的火車裡；英國作家寶拉・霍金斯的《列車上的女孩》，是描寫一名女子每天搭乘固定班次列車通勤，總是在腦海中為窗外的某戶人家編造故事的懸疑推理小說。朱西甯先生的小說《鐵漿》裡也以鐵道的鋪設和火車通行作為時代改變的象徵。而我最喜歡的日本導演小津安二郎對火車情有獨鍾，他導演的片子，若不是結束在火車上，就是火車鳴笛聲出現在最終的場面中；侯孝賢早期作品也特別喜歡捕捉列車後方鐵道逐漸逝去的惆悵。車窗外彎曲迤邐的農村景致，提供我們賞心悅目的美麗場景；車廂內擁擠雜沓的萍聚之眾，建構的駁雜纏繞人際關係，在在潛藏著作家、導演們豐沛的創作靈感。同樣敘寫或以畫面呈現火車，有人注意繁複的摩擦，有人著眼純粹的溫情。火車上如此，在汽車、輪船、飛機……所有的交通工具中也莫非這樣。

交通工具日新月異。古早年代，腳踏車曾風光一時；幾經沉潛，多虧環保及健身概念的推廣，又以全新的面貌出現在都會的馬路上。摩托車風行數十年未衰，近日一張「台北橋摩托車瀑布」超震撼的視覺衝擊，一舉登上國家地理雜誌，成為攝影比賽中十個精選的優勝作品之一。火車由台糖小火車到台鐵的慢車、觀光號、自強號一直到如今的普悠瑪，貫串台灣的北、中、南、東部，堪稱任重道遠；如今，經過台灣陸上交通的第三次劃時代革命，又有寬敞、明亮、快捷的高鐵出現。一夕之間，南北縮短似的，一個半鐘頭間，可以從台灣頭直奔台灣尾。而台北捷運的日運量更高達兩百多萬人次，高雄捷運也接近二十萬人次，解決了上班族擠車、塞車之苦。

客運車分市區公車和公路客運。公路客運除了公營的中興號、國光號外，民營的客運行如雨後春筍冒出，統聯、阿羅哈、和欣、日統等紛紛啓程；縣市區客運，則線路劃分越加細膩、深入；私家轎車的數量年年刷新紀錄；至於台灣的計程車司機雖素質良莠不齊，卻幾乎上自天文、下至地理，人人口若懸河、趣味橫生，絕對是台灣的特殊奇觀。

台灣跟離島或海外的交通，以前多半仰仗國內及國際航空。其實，台灣本屬海洋國家，四面環海，景觀殊異，海運方面，卻是這些年才較受青睞。賞鯨船異軍突起，而搭麗星、盛世公主、歌詩達等大型郵輪出國旅遊忽焉蔚為風潮。輪船看來甚至慢慢有後來居上的趨勢，勢將成為環遊世界的熱門新貴。

由於生性好奇，我喜歡跟人親近，常常在各式行進中和陌生人微笑、寒暄、打招呼。這些年來，國內外到處跑，更在台灣東西南北中，四處奔波演講，幾乎有大半時間都身處在交通工具上。六十五歲前，我自行開車；自從退休後，在北部地區，多半騎摩托車、搭乘公車、捷運和計程車。離開台北，變成高鐵第七列車廂的常客；到離島或出國，則必搭飛機。今年六月中，倒是有一趟大型遊輪的海外旅遊；在這之前，其實已曾在新竹新埔的「南園」大池內划船溺水，在大陸又搭過像魔鬼訓練營般的所謂「豪華郵輪」，橫渡運河。所以，在車上、飛機上、船上看盡各樣滑稽有趣或光怪陸離風光。

小說家與導演對火車特別青睞，常有專著描摹；但以整本散文摹寫搭乘交通工具所觀察到的形形色色，似乎少見，甚至闕如。這本書的成書動機，就在補其不足，是一本搭乘交通工具穿梭在市井的車趣尋求紀錄。有時是身在局中的人我互動，有時則是身為旁觀者的側寫，堪稱行動庶民的浮生掠影。其中不但有重大車禍的實況報導、乘客與司機的夾纏糾葛、搭乘豪華郵輪的慘況、搭便車的荒謬情境、計程車司機的諸多謬論與熱情；也有火車上粗疏男子對待兒女的溫柔、汽車裡嬷孫的機智問答，計程車上與他人共乘的尷尬及身處密閉機艙內面對臨座一路激咳的驚駭。

本書各輯的內文順序，大抵以寫作時間為序，讀者可以見出台灣交通發展的軌跡及交通法規的修正。譬如早年公共廁所非但不提供免費衛生紙，連自備衛生紙也需付費；以前違規汽車在當事人出現後，執行拖吊者還可以將車強行拖去拖吊場，不像現在未上架前只開罰單了事；以前在鄉間還可以看見載送甘蔗的台糖小火車穿行，現在的小火車則幾乎只剩在觀光景點出現；而多年前還可以看到的各種顏色計程車已然絕跡，現今一律稱作「小黃」。至於計程車司機，好像自始至終一以貫之的能言善道；博愛座該坐、不該坐的困擾業已久長；在陸、海、空運的交迭文字中，還不時可以側錄到意外的大型天災和人禍，譬如地震和恐攻。

至於各輯的編輯內容，首輯聚焦交通意外事件，不是一般常見的酒後駕車，而是乘客與司機可能都氣到七竅生煙的糾紛；第二輯「出門尋日月」多寫趣味橫生的搭車邂逅；第三輯著墨在交通工具上的人際對應；至於最後一輯的點題之作「汽車冒煙之必要」暗喻夫妻對應關係，到底汽車何以有冒煙之必要？抑或冒煙的豈止於汽車？就不在此暴「雷」，有待讀者自行細細尋索了。

輯一

意外事件

意外事件

全車的人都懶洋洋的，包括司機在內。

大清早的，想是大家都還沒睡夠，有的乘客順勢倒在臨座的肩頭上甜蜜地繼續今早未完的夢；有的孤軍奮鬥，隨著車子不規則的晃動，東倒西歪地亂點頭；有的閉目凝神，極有修養的樣子；有的茫然的不知想些什麼，兩眼滿布血絲。

車子往西門町的方向開去，一車子滿滿的上班族，萬念俱灰地頹坐著或倒掛在車環上，沒有任何期待。

一路上，陸陸續續有人上車、下車，流動量都不太大。快到中華路北站了，車子裡的人開始蠢蠢欲動。一位精瘦的男子面無表情地拉了下車鈴，司機渾然不覺，也許還想著早上起床時被窩的溫度。快到站了，速度既沒有減低，也沒轉換到外側車道。瘦男人急了，又連拉了兩聲鈴，這回司機似乎才恍然大悟，往車外看了看，站牌早被拋到車後方，一不做、二不休，乾脆繼續向前，車裡一陣騷動。

「怎麼不停？停車啊……」

一個尖銳的女高音劃過車廂，車子裡大大小小的人全驚醒了。

「下車……下車……」

有人氣急敗壞地嚷著，剛睡醒的人驚慌地睜著惺忪的睡眼往外頭張望，準備下車的人爭先恐後地往前擠。

司機有條不紊地開著，守規矩的一直到下一站才停下來，乘客嘟嘟囔囔地直埋怨著。剛才那個精瘦的男人突然排開眾人，往前衝去，那氣勢，任誰也抵擋不住：

「你是什麼意思！為什麼不停?!」

「到站了，才拉鈴，怎麼停？」

「老早我就拉了一次，你沒聽見？聾子啊你？」

「你才是聾子哪！沒聽見就是沒聽見。」

司機好整以暇穩穩坐在位置上，也是個精瘦的人。

瘦乘客漲紅著臉杵在門邊兒，怒目相視，司機不耐煩地說：

「喂！到底下不下？不下讓別人下呀！……搞什麼？……」

瘦男人想是氣得五臟內腑都嚴重受傷，半天說不出話。說時遲，那時快，在一絲詭譎的笑容掠過之後，他突然舉起一直握在手裡的捲成長條形的報紙往司機頭上猛一敲，飛快奔下車去。

大概沒料到有這一招，司機一時反應不過來，摸著後腦勺愣了足足兩秒之久，才如夢初醒般，驀地從座位上躍起，奮力擠過人群，撇下滿車子的乘客，不要命似的下車追逐。

霎時間，像是注入了某種興奮劑似的，車裡車外的人都興奮極了。原先在車裡奄奄一息的人全活過來，本來垂頭喪氣下車的人也一下子都精神起來，已經錯過第一回合精彩鏡頭的人再也不肯錯失眼前的第二回合競賽，坐在車裡的、站在路旁的，無不精神奕奕地引頸張望。

是一場旗鼓相當的龍爭虎鬥。兩個幾乎一般高矮的精瘦男子，看起來體力都相當不錯，跑起來虎虎生風。

司機吃虧在那關鍵性的兩秒鐘，不過，由於憤怒，顯然有高昂的鬥志作後盾。後腦袋上原本就只有稀稀疏疏幾根頭髮由左向右凌空盤踞著，經過剛才報紙一撩撥，全在腦後以一種奇異的姿態豎立著，顯得十分滑稽。被追趕的那位男士，一下子由被害人轉為勝利者，似乎一時還沒來得及調整臉上的表情，齜著牙，似笑非笑，在前頭奮力地跑著，帶著點兒惡作劇的味道。

像踩著風火輪般，兩個人在金園排骨麵的小巷子和武昌街間進進出出地飛竄，每次出現在中華路上，便引起一陣驚詫的加油聲，兩個人受到鼓勵似的，越跑越帶勁兒。大家都屏息觀看戰果，完全忘記了上班遲到的後果。

來來去去幾回合，最後，只剩下司機一個人氣喘吁吁地垮著一張臉從武昌街出來。

結局已經是很明白了，路旁觀戰的人假裝沒事似的做鳥獸散。車上一些眼明心快的乘客趕緊跳下車子，自謀生路。部分猶豫分子還來不及行動，車門已被「轟」的一聲關死了，正驚慌間，偏是一位不識相的老太太猶嬉皮笑臉的朝司機好心地問道：

「怎麼？追到了沒？……」

司機惡狠狠地瞪了她一眼，跳上座位，猛力發動車子，氣虎虎地以迅雷不及掩耳的速度衝了出去，一車子不知好歹的乘客被摔擠到一堆，大驚失色地面面相覷，像一群待宰的羔羊。

——本文收錄於一九八六年五月出版《閒情》（圓神）

綠禾・白布

每回想到可以取道一條充滿詩情畫意的鄉間小道去學校，便不由得歡喜起來。日子在單調中重複，唯有在行經這個青青的世外桃源時，才能充分領略到造物者驚人的瞬息萬變。有時看著農夫才犁出一番新泥，過不了幾天，卻發現挨挨擠擠的秧苗已在一角互相拳打腳踢地迎風戲謔著；而幾天不見，再見時，居然滿田都是秩序井然的稻苗一本正經地肅立著。

稻田外的河溝上架著瓜棚亦復如此。才看見瓜藤小心翼翼地攀上棚架，才幾天已是滿棚的綠意盎然，一不小心，棚上已迸出一張張黃色地小臉蛋，衝著人巧笑倩兮了。

每次，由大路上彎進這條小徑，總不自覺地放慢了速度，細細享受造物者投送人間的美意，恨不得呼朋引伴前來共賞這千種風情。只可惜隨行在後的車子總不斷地眨著一雙黃色的大眼，急煎煎地催促著。原來取道這條小道的人只是取其便捷，在這樣匆驟的日子裡，有時間把眼光投向窗外景致的人竟是愈來愈少了呀！

一天，我照往常一樣，拐進這條小路，發覺一直飛馳在我車前的一部摩托車忽然也放慢了速度，我心裡一動，為著幾個月來才發現一個和我同樣珍視這番風情的人而樂得幾至仰天長「笑」起來。

從背後看來，是個十七、八歲左右的男生，留著一頭凌亂的長髮，腳上趿著一雙涼鞋。正在驚異間，這個男孩突然以快得讓你來不及看清的速度，把兩腳躍上摩托車，雙膝合併跪坐在坐墊上，加速飛馳起來。為著這迅雷不及掩耳的鉅變，我差點兒沒驚叫起來。才勉強抑制住幾乎脫口而出的尖叫，他已然變化了另外一個招式。把雙手放開，人就直挺挺地跪坐在車上，任由車子向前衝去。這回，我被嚇得發不出任何聲音，張大了嘴，瞪大了眼，不知所措。正驚嚇間，他緩緩放下雙手握住車把，我一顆幾乎跳出胸腔的心方才落下，突然又見他把跪著的右腳向右後方踢出，擺出了韻律操的姿勢，我的心又跟著緊縮起來，再不能忍受這樣的刺激了！我停下車，在路邊喘息著。一股憤怒的感覺驀然竄上心頭。這小鬼知道他自己在幹什麼嗎？表演特技？拿生命開玩笑？耍性格？什麼意思？我必須攔住他問個明白！抬頭望去，哪還有蹤影！小路旁，依舊是稻田、瓜棚、竹叢、楊柳，一逕是默默地款擺柳腰，淺淺地笑著。眨了眨眼，有些懷疑，剛才是否只是一個幻象？抑或是綠色小精靈的一場惡作劇？

我不期然地聯想起有一年的春天。校園裡，一場龍爭虎鬥的橄欖球賽方才結束，走在植滿橄欖樹的球場旁小徑，一位滿身是汗的學生向我奔來，問我可曾看到他在球場的表現？在橄欖樹掩映下，他滔滔不絕地敘說著，年輕的臉上，神采飛揚，不可一世。隔了一個星期天，再上課時，他缺席了。同學告訴我，他星期天外出，飛車撞上了電線杆，傷勢嚴重，正在醫院中搶救。我心中既悲且痛，幾回哽咽，幾乎無法終堂。一直到學期結束，座位始終空在那兒。每回眼光觸及那空出的座位，欲言又止，終是沒有勇氣再詢問結果。

幾天前，一大清早，我又徐徐地行經那條小徑。已是中秋，四季如春的大地卻仍是一片生機勃發的翠綠。我緩緩地開著車子，享受著清晨特有的沁涼的秋意。遠遠地看到右前方瓜棚旁一部摩托車正以一種悲壯的姿勢仰躺著，一位年約五十的婦人雪白著臉、紅腫了眼在一旁燒著紙錢。左邊挺立怒長的竹叢下，是一張潔淨的白布覆蓋著的人體。在小徑一片深深淺淺的綠色裡，白布白得那麼教人觸目驚心，甚至連一點污泥或血跡也沒沾染上，想是氣絕多時後，才被前來認屍的親人給蓋上的。再回眼看了看那部摩托車，我不禁全身悚慄起來。是那部！沒錯！就是那部表演特技的摩托車，天啊！生命難道真只是一場玩笑嗎？我發覺扶在方向盤的雙手竟激烈地顫抖起來。

後視鏡裡，綠色的稻田遠了，瓜棚上含笑的黃花遠了，成行的竹叢和楊樹也不見了，腦海裡只剩了清晨裡灰飛的紙錢、婦人哭腫的雙眼，那張不沾血跡的雪白的布和那年春天教室裡空出來的座位……。

——本文收錄於一九八六年五月出版《閒情》（圓神）

荒謬劇場

公車篇

跳上桃園客運的車子，她一手緊環在車上的不鏽鋼柱子，一手在皮包裡掏著錢：

「中壢一張全票。」

身後跟著伸出來一隻拿著零錢的手，一位男士的聲音：

「龍岡、半票。」

車掌的臉色不大好看，看不出到底聽到乘客的話沒有。只見她埋著頭剪著手上的車票，顯然今天的心情很不好。後面伸出的那隻手，大概因為沒人接應，猶豫了一下，又縮了回去。

沒有人敢再隨便開口。好不容易等到她剪了一張票，頭也不回，用中指和食指夾著車票，往後一揚：

「龍岡全票，誰的？」

沒有人作聲。她仍牢守著柱子，回頭和身後著軍裝的男士交換了個疑惑的眼神。車掌不耐煩地提高了聲音：

「誰的？龍岡全票，誰的？」

一聲比一聲凌厲。見沒反應，突然把頭一回，眼皮一撩，眼珠子像箭一般射了過來。她誠惶誠恐地解釋：

「不是我的，我是中壢全票。」

「就是你，還說不是。八塊。莫名其妙！」

說著，不由分說，把票塞進她的手裡。一邊回過頭剪票，一邊嘴裡嘟囔著埋怨。她手裡拿著那張像燙手山芋一樣的票子，委屈地辯白：

「不是啦！不是我的。」

為了證明所言不虛，她尋求證據似的陷害身後的人：

「他才是龍岡啦。不過，是半票。」

車掌像是沒聽見似的，仍然埋著頭，粗聲粗氣、斬釘截鐵地說：

「是你！剛剛明明是你說的。八塊。」

她漲紅著臉，嚅嚅地說：

「可是，我是到中壢吧！我剛剛明明說中壢。」

「還說！還說！難道我會聽錯！我車掌幹了二、三十年了！我會聽錯！神經病！八塊啦！」

全車的人都興味十足地看著她。她求救似的望著身後的軍官，軍官仗義執言：

「她是說中壢全票，我聽到的。我才是龍岡半票。」

車掌抬起頭狠狠地瞪了他一眼，罵道：

「你少多管閒事！半票、全票的，都是你。攪得亂七八糟的。」

然後衝著她沒好氣地說：

「好啦！你先拿著，到龍岡再補票好了。」

她欲言又止，最後，悻悻然繳了錢，到後頭找了個位置坐下。心裡愈想愈不是滋味，當了多年的老師，平白無故地被當小孩似的教訓了一場。

問題接著來了。由蕃仔寮到中壢車資十一元，由龍岡到中壢五元，等會兒補票的時候，應該給車掌多少錢呢？是把剩下的三元補給她呢？還是乖乖地再買一張五元的？左思右想，她提醒自己：

「多給兩塊錢事小，姑息養奸事大。這是個原則問題。明明是她聽錯了，責任應該由她負，而且，態度這樣惡劣，應該給她一點懲罰。」

於是，馬上起而行。翻開皮包找了起來。偏是怎麼也找不到零錢，看樣子只好任人宰割了。

龍岡過後，車掌來了，手上拿著一張已經剪好的票。板著個臉：

「哪！五元！」

她理性地跟車掌說明：

「我只能給三元。我本來是說到中壢的，到中壢十一元，剛才買過一張八元的，再給三元。是你弄錯的。」

遞上一張十元鈔票，車掌充耳不聞，找給她五元。

她感覺到自己血脈賁張，整個臉直臊熱到耳根上。猶作困獸的掙扎：

「是你弄錯的，怎麼要我付錢。你要講理呀！」

車掌依舊面無表情，毫無商量餘地的說：

「是你自己說錯的。」

說完，頭也不回地走回車掌的位置。全車的人都把頭轉過去看她，看著一個婦道人家為了兩塊錢漲紅了臉，喋喋不休。

她把眼光調至窗外，為著車掌的態度憤怒、為著車上的那種「唯小人與女子為難養也」的表情生氣，甚至應該說為整個是非不明的社會而嘔氣。

事情就這樣不了了之嗎？不然！又能怎麼辦？她反反覆覆地想著、恨著，決定既然不能講理，就來點兒不講理的。她打算下車時也學車掌的樣子，翻著大白眼罵一聲「神經病！」來個以牙還牙、以眼還眼。很阿Q地高興了一下，卻逐漸開始懷疑在眾目睽睽之下自己是不是有這分粗野的勇氣，這樣做似乎行不通。接著，重新決定，下車時，故意假裝把車票掉落在地上，想像著胖車掌吃力地彎下身去撿拾的樣子，也讓她歡喜了一陣。只是，這種負氣的行徑，除了暴露嚴重的幼稚外，其實也未必代表著什麼意義。

到站了。經過車掌前面，她故意把頭抬得高高的不理她，並省下慣常說的「謝謝」兩個字。只可惜車掌似乎渾然不覺。她機械似的收著乘客遞去的票根，眼睛盯住遙遠的某一個定點，不但沒有看見她抬高的頭，打賭車上所有乘客的臉都沒映入她的視網膜，她當然也不會在乎有沒有「謝謝」兩個字。這些完全不構成懲罰條件。

下了車，心有不甘。猶兀自想著，難道這樣就算了？心裡湧起一陣悲哀，鄭愁予的詩句突然躍上心頭：

「唉，這世界，怕黑暗已真的成形了……。」

穿過桃園客運站，看到「站長室」三字赫然在目。她一下子又雀躍起來……「是啊！可以找站長主持公道呀！」

她找了一張座椅坐下，開始在心裡反覆預習應對語言。要拿出上台演講的本事，把話說得委婉得體而又充分表達內心的氣憤。在站長室附近逡巡了許久，心裡怦怦跳，天人交戰了半小時，終於還是沒敢走進去，帶著一種受挫的心情怏怏然離去。

憋了一肚子的氣回家，悶聲不吭地看報紙。突然被一則讀者投書所吸引。靈機一動，她整個人又興奮起來。天無絕人之路，不是可以利用新聞媒體來討回公道嗎？

吃過飯，她一整個晚上躲在書房裡寫讀者投書。用中文系訓練出來的流利文筆，文情並茂地寫著，愈寫愈高興。落款時，一陣猶豫。不寫本名，太小人作風了，不是讀書人該做的事；寫本名，桃李不下三千，不登出來則罷了，登出來後，所有學生都看到老師為了兩塊錢大作文章。算了！她頹然把稿子揉進字紙簍裡。

由書房閃進洗手間裡，她想看看這種既怯懦又憤怒的臉是什麼樣子。鏡子裡的臉，兩眼含恨、雙頰熾烈。她對著鏡子扮了個鬼臉，學電視上的壞人，朝馬桶「呸」地吐了口口水，大膽地朝鏡子的人惡狠狠地罵了聲：

「孬種！」

然後，多慮地左瞧右看，看看有沒有被旁人瞧見這副德行。

私家車篇

毒辣辣的太陽毫不留情地肆虐著。冷氣雖然盡職地嘶嘶作響，只是，對這部長時間曝曬在炎陽下的車子，似乎也感到心餘力絀。

她揮著汗、皺著眉在車裡游目四顧。偌大的一條二十米寬大道，展現著寬廣的豐姿。目光落在路邊，沒有觸目的黃線，她鬆了一口氣，正慶幸著停車該沒什麼麻煩，卻發現大部分店鋪前的馬路上都橫著「請勿停車」的鐵架。五顏六色、龍飛鳳舞的字跡像擁地自雄的藩鎮，在這條筆直的四線道路上形成極端跋扈的風景。

小心翼翼的，她避開這些欄架，在一家服飾店前規矩地停下車。剛熄了火，一位慈眉善目的老太太繞過車子前頭，在窗外衝著她謙卑地笑著說：

「小姐！拜託！拜託！停到別的地方去好嗎？做生意嘛！……真對不起……」

基於敬老的德行，加上老人臉上如此熾烈的笑容，她笑著搖了搖頭，重新發動車子，往前頭開去。

這次是個飲食店門口。車還沒有停妥，店裡已然走出三條大漢，一字排開，橫眉豎眼、殺氣騰騰。她一看情勢不對，識趣地自動駛離現場。

轉了個彎，挑了家玻璃門緊掩的電器行前猶豫地停下，也不熄火，直挺挺地坐著，就等人來趕她。果然！一個高頭大馬的女人從門裡衝了出來，高八度的聲音嚷著：

「噯！噯！這裡不能停，我們自己的車子馬上就要回來了。」

汗沿著額角直往下傾瀉！溽暑裡，這樣翻來覆去的折騰，再有耐性的人也吃不住！她勉強按捺住逐漸上升的怒火，面無表情地把車子開走。

中午時分，生意其實是相當冷淡的。她委實不清楚這些生意人爭的是什麼。汽車裡像烤箱，怒火和天氣同樣高漲。這些人，把店鋪侵略到走道上來，還要強占馬路用地，不知是何居心。她愈想愈氣，憑什麼不讓停車？於是，一個俐落的路邊停車，一家冰果店前，她飛快地取下鑰匙、帶上車門，以義無反顧的昂然之姿準備離去。一個瘦弱的女人在廊簷下用著超乎她體形的音量大聲喝斥著：

「站住！把車開走！這兒不能停車。」

雖然是預料中的事，卻仍然被這樣的理直氣壯給嚇了一大跳，回過頭，盡量維持一個讀書人的風度：

「為什麼？這兒又沒有畫黃線！」

「誰管你什麼黃線、紅線的！你沒有看到我們在做生意嗎？停在人家門口，沒知識！」

女人翻著白眼，她覺得一股血氣往腦門兒上衝：

「可是，規定是可以停呀！」

她忍不住也提高了嗓門。

「我這個店面是一個月用三萬塊租來的吔！三萬塊吔！誰願意在三萬塊的店面前，讓人家停車，開什麼玩笑！」

瘦女人揮著手，盛氣凌人地說。

天氣這樣熱！只是為了趕一場喜酒，居然得受這等閒氣。她一下子火起來，再顧不得什麼風度不風度，當下反脣相譏：

「請問你三萬塊錢租的是店面還是路面？」

瘦女人似乎也一下子迷糊起來，正含糊其辭的。裡面又跑出一位乾癟小老頭，揮舞著雙手：

「不要跟她囉嗦啦！不許停就不許停。三萬塊吔！如果是你用三萬塊租來的，你願意讓別人停嗎？願意嗎？什麼東西！」

氣氛十分火爆，她被挑得簡直有些失常。突然孩子氣地接口：

「歡迎呀！如果這樣，歡迎你把車停到我家門口來呀！」

說完，馬上發覺這樣的對話實在無聊，在這種情況下，居然還有心情來作此等無意義的揶揄，連她自己都覺得可恥。

老人大概沒料到這個女人居然這樣小人，氣憤地不斷重複著：

「你敢！你敢停在這裡，我就給你放氣！」

她一向是思想乖張、行動拘謹的。尤其在這樣的場合，勢單力薄的，要在平日，她多半效法年輕時的韓信的。只是，太陽太大、汗水太多、事情太可惡，她突然也變得惡形惡狀起來：

「你敢！你放放看！我叫警察。」

「有什麼不敢！叫警察也沒有用，不信？你試試看！」

事情演變到這樣的地步，已經是欲罷不能，這時候如果把車子開走，豈不成了個大笑話。不知從哪兒來的勇氣，她也學樣地叉開雙腳，指著車子：

「好！我就試試看，就不信天底下沒有王法！」

「王法」二字一出口，她自己差點兒就笑出來。什麼年代了，居然把古戲辭兒的「封建名詞」都搬出來了。她忍住笑，板著臉，扭頭揚長而去。

其實，心裡是非常擔心的。喜酒的菜上得這樣慢，她心不在焉地和鄰座的人應酬著，腦子裡想像著車子的慘況。想起一次車行裡看到的一部外殼被惡意刻滿了ＡＢＣ的ＢＭＷ，又想到鄰居那部被刮了滿身傷痕的天王星。不是現行犯，沒有證據，據說鬧到警察局去也討不回公道。她愈想愈急，菜才上了三道，她急慌慌地藉詞向主人告退，半跑著出了飯店。

快到冰果室門口時，她故意放慢了腳步，顯出一副從容的樣子。在車子前後轉了兩圈，確定沒什麼異樣。偷瞄了店裡一眼，老頭子假意在那兒東抹西抹地忙碌著。她跳上車，忙不迭地把車子開走。從後視鏡上，看到老頭子揚著抹布追了出來，隱隱約約傳來他沙啞的聲音：

「有種的再停一會兒，我還沒忙完哪！等我忙完了，你就知道厲害……。」

摩托車篇

吃力地提著烤箱，一步一蹶地半跑著從百貨公司出來，發現一部中型卡車就停在門外，警察和其他兩位便服人員正手忙腳亂地利用吊車機吊起一長排違規停放在百貨公司前的摩托車。她心裡暗叫一聲不妙！果然，接著吊起來的就是她那部藍色的達可達。一個箭步衝了上去，她陪著笑臉和年輕的警察打著商量：

「對不起！我這部摩托車是剛剛才停放的。因為在二樓買了個烤箱，太重了，才把車子暫時牽到這兒來，真的！前後還不到三分鐘吔！拜託啦！拜託……」

警察鐵面無私，板著臉孔；

「不管停多久，違規就是違規！要每個人都跟你一樣，天下豈不大亂了嗎？吊上去。」

她被說得有些汗顏，真後悔剛才為圖方便，種下了這種惡果。眼睜睜地看著摩托車上了卡車，急得汗水直下。罰款是不能免了，只好認了。只是車子……。

「這樣好了，我人都在這兒了，看該罰多少錢，請你開張罰單給我。請你把車子放下來好嗎？」

警察充耳不聞，繼續夥同其他兩人和黃線上的摩托車奮戰。她幾乎是以哀告的口氣又重複了一次剛才的話，警察頭也沒抬，不耐煩地揮了揮手：

「唉呀！每個人都像你這樣折騰我們，我們還要活嗎？車子既然已經吊上去了，你就到保管處去騎來吧！」

她訕訕然地站在一邊，臉一直紅到耳根後。她對法律一竅不通，不太清楚在這種情況下是不是只能眼睜睜看著車子被運走。但是，總覺得不盡情理。她一直以為把車子吊走主要是因為妨礙交通或是主人不明、無法開列罰單，現在既然犯人已經自首，為什麼還要多此一舉？

對警察，她一向敬而遠之，也不知道是從什麼時候養成的習慣，一看到警察就心慌得從頭到腳自我反省一番。何況，違規停車是事實，她也不敢強辭奪理。只是一旁苦苦哀求，企圖動之以情。這位年輕的警官顯然受過嚴格的理性鍛鍊，絲毫不為所動。車子滿載摩托車後，終於揚長而去。她手提著烤箱，失神地站在路旁，看著卡車上一點的藍色影子在街角消逝，茫然而不知所措。

第二天，她花了好大的功夫才找到違規車輛保管處，冒著凜冽的北風和細雨，在路況不明的公路上騎了十多公里路回家，衣裳盡濕，臉頰發燙，緊張加上風寒，整整病了一個多星期。她告訴自己，人人都該守法，這是不守法的教訓，雖然似乎有點兒慘重，這是一月間的事。

四月時，忽然接到一張違規停車的講習通知書。

思前想後，實在記不起來有什麼違規事件，自從上回的教訓後，她變得更加小心翼翼，罰款事小，麻煩事大。仔細一看，居然仍是上次的後遺症。怎麼事隔這麼久了才通知講習？會不會弄錯了？她記得鄰居的汽車違規停車也不過繳罰款三百元了事，小小一部摩托車倒有這許多麻煩。她打電話去問，警察局的答覆是：

「汽車不必講習，摩托車才要。」

「為什麼？」

「不知道。」

同樣是違規停車，卻有差別待遇，不太想得通是什麼道理。不過，繼之一想，這未始不是一次機會教育，而且自己對交通規則確實也有諸多疑義。於是，她慎重其事把心中的問題寫在筆記本上，預期一次疑問盡釋的大豐收，她甚至有些迫不及待了。

九點五十分，準時到達，帶著一次敬謹受教的心情，只差沒焚香沐浴。

一進門，一位十七歲左右的小姐正辦理報到手續，屋子裡的擺設像間教室，桌椅都是長條式，一式二列。她找了個靠窗的位置坐下來。陸陸續續有人進來，有人大概是這兒的常客，帶著賓至如歸的笑容；有的急慌慌的一頭汗，想是剛從工作崗位偷溜出來的；有的口嚼檳榔、腳上趿著拖鞋，讓人錯覺是來逛夜市的；也有繃著臉，顯現十二萬分不耐煩的。

時間已經是十點十五分了，一切就緒。小姐站起身來作簡單的說明，講習課程包括電視教學和考試，幾位年輕的男士輕浮地和台上的小姐拌嘴、吃豆腐，氣氛非常鬆散。問題恐怕出在小姐太漂亮、也太年輕了。

電視機一打開，果然如小姐所說明的，錄影帶十分陳舊，螢幕上一閃一閃的，閃得人頭昏眼花。雖然如此，她仍仔細地看著。正全神貫注間，又進來了一位男士，報到完後，東張西望找位置。屋子裡的長凳幾乎已經坐滿了，正張望間，一位坐在後排的男士突然從後面衝出來，緊握著這位遲到者的手，兩人熱絡地寒暄著，似乎是好幾年沒見過面的老朋友，兩人大概都暫時忘了此行的目的，在走道上旁若無人地笑談著，彼此的肩膀都差點兒沒給拍塌了。所有人都感染了他們的快樂，開始左右開弓地閒聊起來，情勢幾乎無法控制。

正嘈雜間，又來了個婦人，背上揹了個小的，手上牽了個大的，一屁股擠到她坐的這條長凳來。剛一坐下，背上的嬰兒馬上扯著喉嚨驚天動地地大聲嚎哭起來，場面熱鬧極了。所有和媽媽一塊兒來的小孩，不知什麼時候開始混熟了。在走道上就著手上簡單的玩具辦起家家酒來，電視的聲音被講話、笑鬧的聲浪淹沒了。她前前後後瞄了幾眼，竟沒有發現一雙停留在電視上的眼睛，主持的小姐顯然是經過大場面的，坐在前頭，鎮靜如昔。

好不容易關掉了電視，考卷發下來。另一次騷動再度發生。有的人沒帶筆，有的人沒發到考卷。隔壁奶著孩子的婦人把考卷一推，對著她說：

「拜託！拜託！我沒空寫，麻煩你幫我填一下好嗎？」

她默默地接過來，填了。從後面又遞過來一張考卷：

「拜託！拜託！幫我抄一下，好麻煩哦！」教室裡亂成一團，中國的人情味充分在這兒顯示出來。

她把原先在筆記本上的問題撕下來，揉成一團，丟到字紙簍裡。隨著人潮走出教室，四月天，陽光璀璨，荒謬劇場於焉落幕，她騎上機車沒入荒謬的人海裡。

——本文收錄於一九八六年五月出版《閒情》（圓神）

自備衛生紙者免費

都是消費者文教基金會惹的禍。

在消費者文教基金會成立之前，大家都過得很快樂！到車站的公共廁所去，女士一律恭敬地遞給管理員三元或二元，面帶笑容地進去，表情輕鬆地出來。偏是基金會突然心血來潮，昭示群眾，除非你需要管理員手上的衛生紙，否則，可以不必給錢。就是這個新知識害死人，讓她由東部到南部，一路生氣地回到台北。基金會太差勁！不該只告訴她，什麼是國民應享的權利，卻不教她如何吵架。

消費者文教基金會胡說八道也就罷了，最不該的是台汽公司，居然隨聲附和，在公共廁所的入口牆上工工整整張貼了：「一、自備衛生紙者免費；二、須衛生紙者三元……」的榜文。更可笑的，還在旁邊裝模作樣地裝置了部「衛生紙自動販賣機」，害得她理直氣壯地進去，氣急敗壞地出來……。

＊＊＊

東部的一個小鎮，中興號的車子在顛簸路面行駛接近兩個小時後，司機宣布休息十分鐘。旅客都形色倉皇地奔往廁所。她手拈衛生紙往管理的老太婆面前一揚，正要進去，老太婆手腳俐落地衝了出來，兩手把關似的攔住了她：

「錢呢？五元！」

「不是不要錢嗎？我不要你的衛生紙。」

「開玩笑！我吃撐了？在這兒守廁所。」

「這上面不是寫的不用錢？」

「上廁所是不要錢。你給的是清潔費。廁所不清，行嗎？」

她一下被老太婆的邏輯給搞糊塗了。仔細一想，還是不對。正待要辯，老太婆手一揮，不耐煩地說：

「給不給，不給就不要上啦！別人還要上哪！」

她可不願意跟這種沒知識的人起衝突，於是，繃著臉說：

「你們站長呢？我就不信，叫你們站長來。」

老太婆顯然覺得這個女人太不可理喻，撇著嘴說：

「找站長也沒有用啦！喏！站長就是他。」

她回過頭，看到前面只有兩位穿制服的人員。老太婆指的那位，臉一直紅到耳根上，背坐著低著頭不敢說話，她突然心生惻隱，不忍過問，只得恨恨地離去。聽到背後老太婆的聲音：

「上廁所不給錢？現代人真是愈來愈無法無天囉……」

＊　＊　＊

台東台汽客運站。

一路在鄉間小路為上廁所折衝，她委實有些厭倦。抬頭一看是「台東」二字，心裡想：

「這麼大的站，總不至於也不講理吧！」

這回是個五十多歲的婦人。見她進去，厲聲喝道：

「喂！幹什麼？」

她立定轉身，裝迷糊：

「幹什麼？」

「錢啊！五元。」

「這上面不是寫的不要衛生紙的人免費嗎？」

老太太似乎沒聽過這種謬論，嗤之以鼻地反問：

「上面如果寫的叫你去死，你也去死嗎？」

「你怎麼這樣說話！」

「我要怎麼說！上廁所本來就應該給錢，怎麼會有你這種人！」

她氣極了！「憤」不顧身地進去。出來時，老太婆氣極了，朝著她吐了口口水，罵道：

「你去死好了啦！沒有錢就不要出來玩啊……」

＊　＊　＊

南部的一個小鎮。

厭倦透了，一路殺伐之聲，讓她飽受精神痛苦，原是帶孩子出來旅行，輕鬆輕鬆的，哪曉得居然受這等氣，去他的文教基金會！她決定以後的旅程不再堅持這種自討苦吃的原則。車子快開了，孩子突然嚷著要上廁所。她和司機打了個商量，口袋裡揣了個五元銅板，急急忙忙帶了女兒下去。

丟了個五元銅板給管理員，帶了女兒就要進去。三十多歲的女人懶洋洋地說：

「十元！」

「我不上，女兒上。」

她慌慌張張地回答，婦人斬釘截鐵地說：

「不行！我怎麼知道你會不會偷上！」

她簡直啼笑皆非。女兒才四歲，用不慣蹲式的廁所，不進去幫忙不行。她聽到司機在外面連按了幾聲喇叭！急得不知道怎麼辦，皮包放在車上沒帶過來，於是，陪著個笑臉和少婦打商量：

「我就只帶了五元來。這樣好了！我幫女兒把尿，不關門，你看著好了！」

「不行！不管怎樣，再五元。」

她忍著氣，低聲下氣地說：

「那麻煩你帶她進去好嗎？」少婦睨了一眼，趾高氣揚地說：「我吃飽太閒了啊……」

她氣極了！隱約又聽到喇叭按了兩聲。別無選擇，只好又重施故技，帶了女兒闖關。出來後，女人扠著腰罵道：

「沒見笑！欠五元，也敢上廁所，你以為我好欺負啊！你出去會被車子撞死……」

＊　＊　＊

經過了這次的旅遊，她有點兒迷惑了。牆上掛著那麼大的「免費」招牌；有些車站甚至還裝置了衛生紙自動販賣機，為什麼大多數的旅客都乖乖地繳錢了事，難道真是她錯了嗎？如果真是她錯了，那麼消費者文教基金會是怎麼一回事？台汽公司那麼大的招牌又是怎麼一回事？

為了一路上飽受的這些侮辱和因為憋尿而引起的急性膀胱炎，她決定具狀控告台汽公司。不！也許應該先控告消費者文教基金會，都是它惹的禍。

——本文收錄於一九八六年五月出版《閒情》（圓神）

同舟共溺

說起來邪門，那天天氣先就怪異。

原本陽光普照，不知怎的，突然下起毛毛雨來，然後就時晴時雨，教人拿不定該穿什麼衣服，女人出門，原就麻煩，何況是「作家與讀者聯誼活動」，總不能自毀形象。於是，衣服攤了一床上，鏡子差點兒沒照扁。

那天的心情是真好，好心情的日子不算多，作怪一下，慰勞自己不算過分。於是，取出買來許久，卻一直不敢穿上身的花色長裙，配上米色棉質上衣，戴起同色大耳環，這樣的打扮，更適合去赴宴，而我只是去郊遊，但是因為心情好的緣故，我堅持。

是《聯合文學》社主辦的南園之旅。原說好了下午一點半鐘在《聯合報》第一大樓門口集合，一直等到三點多，預訂的遊覽車猶未到來。

未經證實的消息說——交通阻塞。台北市交通的前科紀錄，讓所有人對這則傳言不約而同產生信任，伸長的脖子頓時全縮回了原位，幾個作者，被暫時請進了大廳中。這樣的場合，人馬雜沓，我常感覺水土不服。寒暄話不會說，真心話不必講，人生地不熟地，往往暴露出我無可救藥的呆相——像小媳婦般，只能假裝認真地把玩自己的皮包，找不到一個可以靠著膀子說話的朋友。

像我這樣的客人，最讓周到的主人傷腦筋，往往每隔一段時間，便須走來慰勉一番，否則，就像有多罪過似的。

為了減少主人類似的困擾，這回，我決定改變作風，命中目標，採取緊迫釘人，徹底賴定一位熟人，並寸步不離。

那天，參加的作者有司馬中原、王禎和、曾麗華、沈花末、張大春、陳克華……等先生小姐，除了司馬先生外，全屬首次見面；我別無選擇，只能緊緊釘住司馬先生不放，跟前跟後，一步也不放鬆。司馬先生當然不知道我的苦衷，他像一枚游魚般，在人海中穿梭，害我追得好不辛苦。好不容易坐進大廳，我緊挨著司馬先生身旁坐下，一切安定下來，我的窘況方告解除。

因為車子的耽擱，到了南園，天色已經全黑，原訂的遊園計畫被迫取消。先行對付了轆轆的饑腸後，司馬先生拉著曾麗華和我，興匆匆地說：

「到南園而不划船者，算白來一趟。這兒有最美麗的黑天鵝，和黑天鵝在粼粼的波光上共遊，多詩情畫意！」

我本也是個附庸風雅的人，馬上在腦中勾勒出在星空下，驕傲地挺直了脖子，和黑天鵝在水面上優雅競麗的情形，不禁凡心大動。然而，不諳水性，多少仍有幾分顧忌，到池邊一看，不禁倒抽一口氣。

兩艘薄船停靠岸邊，其中一艘，因為下雨，船身還積了些水，看起來，並非很牢靠。

然而，司馬先生十分熱心，一再保證他的划船技術，我和曾麗華對望一眼，雖都難掩怯意，但「不入虎穴，焉得虎子」，二人遂決定姑且一試。我向司馬先生說：

「我是不會游泳的哦！萬一船翻了，你可得救我。」

司馬先生拍著胸脯說：

「放心好了。我是六十歲的年齡，三十六歲的身體，十六歲的心臟。」

然後，他提起有一年到海外坐雲霄飛車的經驗，同行者如何嚇破膽，他如何處變不驚，面不改色。我們被他的英勇事蹟所說服，三人決定同舟共濟。

由曾小姐先行下船，剛一腳踩進船裡，船身驀地一陣激烈晃搖，岸上觀望的人群，全都齊聲尖叫起來。司馬先生不愧經驗老到，用他三十六歲的體力穩住船頭，接著熟練地下船，並招手示意我下去。

我心裡一陣發毛，然而，臨陣脫逃，難免不義之譏，遂拿出烈士精神，準備慷慨就義，共赴「船」難。

果然，一下船，又是一陣比剛才更驚天動地的搖擺，嚇得曾小姐和我都白了臉。相形之下，司馬先生真不愧是十六歲的心臟及六十歲的閱歷，只見他一邊以嘴巴溫言勸慰，一邊以肢體安定大局。雖然每一動槳，依然驚呼頻傳，但見他神色自若，我們也不好意思再大驚小怪。

終於，划到了湖心。和美麗的黑天鵝並肩，夜涼如水，星月爭輝，好一幅安詳的月下遊湖圖。然而，說實話，看似陶醉的我，其實正手心出汗、心跳氣急、心臟無力。

船隻在湖上繞了一圈後，終於在眾人歡呼聲中緩緩靠岸。

曾小姐想是和我一般，充滿了劫後餘生的喜悅。她高興地站起身，雙手扶住岸邊的大石頭，船忽然又大幅度地擺盪起來，司馬先生慌忙起身，欲要扶住曾小姐，不想這一站起來，船竟真的翻了。

就像電視中的慢鏡頭般，船緩緩地以一種奇異的姿態翻覆，司馬先生及我也同樣地以一種可笑的慢動作整個被倒進水中。很多人後來問我落水那一剎那想些什麼，不瞞諸位，我想的全非有關生死等哲學層次的問題，而是：「哈！哈！終於如我所料的落水了！」然後，我就從容就義了。

說「從容」，其實有些誇大，事實上是，我感覺到自己的雙手彷彿在水面上空划了兩下，整個人便沒入水中。幸而岸邊水不太深，司馬先生回頭順手一撈，把我一把抓出水面，我尚未站穩腳步，只聽得司馬先生又是一喊：

「哎喲！我的香菸哪！」

匆匆丟下驚魂未定的我，奮力追逐他那包隨波逐流的香菸去了。我心一驚，腳一滑，遂又告再度淪陷，無可避免地又多喝了一口湖水。

「人不如菸哪！」我掙扎著起身後，立在水中如是感慨著。然後，看到曾麗華下半身沒入水裡，雙手猶自緊緊抱住那塊大石頭。

狼狽上得岸來，黑暗中，鎂光燈一閃，不知何人搶著按下了快門，一張至今仍追緝未果的穿幫照片，從此不知流落何方。而頑皮的張大春聞風前來，則在一旁拊掌大笑。

我那套經過精心搭配的衣服當然是面目全非，幸得周到的《聯合文學》發行人張寶琴女士費心，向當地工作人員商借乾淨衣服，方得以全身而回。雖倖免淪為水鬼，然半天來刻意維持的淑女形象，恐亦已毀於一「夜」。

自從這回同舟共「溺」後，每次和司馬先生相見，他總是向別人戲稱我們兩人是「患難之交」。

而我自前年秋天鬧下了這場笑話後，深刻領悟到自立自強之重要，於是接連兩年的夏天，發狠勤練划船與游泳，如今已稍有進境，正雄心勃勃，寄望來日再遊南園，得以一展長才。

當然，最好是只展示划船功力，而不須同時表演游泳技巧。

——本文收錄於一九八九年七月出版《紫陌紅塵》（圓神）

高速公路驚魂記

一大清早，高速公路上，稀稀落落的車子俱佝僂著背，井然有序地以穩定的車速行駛著。天空一片明淨，難得的好天氣。外子和我，帶著清晨特有的軒朗情緒，保持著九〇公里的標準時速，神采奕奕地行駛於中間車道上。

說時遲，那時快，一部藍色的天王星忽然在內側車道上以迅雷不及掩耳的速度從後掩至，眼看著前面的一部三陽喜美車子就要遭殃，我正要尖叫出來，只聽得一聲尖銳的緊急煞車聲，藍色車子突然一歪，朝我們的方向直衝過來，「ㄅㄧㄤˋ」的一聲，停留在我喉嚨的聲音被撞得縮回了肚子裡。我們車子霎時往外側車道上猛力斜衝了出去，外子趕忙把方向盤奮力往左一扳，車子又瘋狂地往內側車道飛去，接著方向盤一扭，不知怎的，車子居然就地打轉了一圈，就在左右來回失控地衝刺了約三秒鐘左右，車子終於在打擺子似的劇烈震動後，在高速公路上停擺下來。託天之幸，無人傷亡。驚魂甫定，我和外子在車內相對喘息，我的手腳這時忽然不聽使喚地顫抖起來，外子的嘴脣也白了。

回頭一看，肇事的藍色轎車安然地停在後方，由於相隔有一段距離，看不清車子的主人是和我們一般魂飛魄散？抑或正為著這樣的惡作劇而洋洋得意？放眼窗外，各式車輛驀然多了起來，寬敞的五線道上，車子從後方左右開弓地殺出，經過我們的車旁，雖都投來狐疑的眼光，卻也沒有因此減低速度。在經過了這一番的驚嚇後，宛若驚弓之鳥的我們，對那樣呼嘯而過的速度，格外驚心動魄。

外子試著啟動油門，車子居然還能發動！他舉起腕錶，看了看，說：

「不行！快遲到了。我昨天才要求同事不要遲到，我自己今天就遲到，不太好。」

於是，他坐直了身子，從容地繼續上路。

就這樣？連君子之爭都沒有？我回頭看著越來越小的藍色車影，不覺有些憤怒！這麼危險的事！這麼可惡的駕駛人，賠償就算免了，連教訓一頓都沒有，實在難消心頭之恨呀！於是，我開始抨擊外子迂闊的不遲到理論，人都差點兒送命了，還管遲到不遲到，豈不可笑！他倒篤定，慢條斯理地反駁：

「也不光是為了遲到啦！你看，高速公路上車子那麼多又那麼快，萬一下車理論，平白又被哪個莽撞的車子攔腰一撞，好不容易才撿回來的命又白白奉送出去，不是更冤枉嗎？」

這話倒也言之成理。影星陳佩伶不就是現成的例子嗎？所以，儘管我氣極難平，卻也無言以對。

甫下高速公路，便在路邊停車，檢視傷痕。這一看，更挑起一把無名火。左後方車門整個撞得稀巴爛，怪不得每位經過我們旁邊的駕駛人，都投來驚詫異樣的眼光，一副避之唯恐不及的表情。沒料到災情如此慘重！想起剛退掉的全險及可能得支付的為數可觀的修護費，真是心疼不已。又想到老早就由後視鏡裡把災情看得分明的外子居然如此不可思議的寬宏大量，我又忍不住嘮叨念著。坐在駕駛座上的外子倒是處變不驚，一副笑罵由之的表情，我嘴裡不停地叨念著，編派了一套義正辭嚴的詞兒，既曉暢又明快，其修辭之佳，義理之周延，連自己都為之讚歎。然而，說著說著，開始為這樣的嘮叨氣悶，繼之想到如我這般清明的女子，僅僅為了一樁車禍，終也不可免俗地落入婆婆媽媽之列，一世英名，毀於一旦。於是，我又開始為了他造成了我的嘮叨而嘮叨。

送外子到他的辦公處後，車子折回我教書的學校。門口的警衛看到車子上那麼大的一個窟窿，驚訝得張大了嘴。我掩掩藏藏地繞過最無人跡的道路，把車子受傷部位刻意隱藏在掩映的花叢邊兒。然而，那麼觸目驚心的模樣沿途早招來了許多的疑問及關切。為了說明我們絕非罪魁禍首，我通常得從頭說起。奇怪的是，同樣的解說，卻換來不同的反應，有人說：

「你們真夠倒楣！小心哦！有一就有二，有二就有三，你們可得小心點兒，高速公路少走為妙，這年頭，亡命之徒還真不少。……」

於是，從台灣千頭萬緒的交通問題談到人類道德的淪喪。有人則俛首合十，說：

「阿彌陀佛！你們的運氣真好喲！那麼危險的狀況，居然毫髮無損，要是當時旁邊竄出一部車子，你們鐵定完蛋。真是命大！回去趕緊燒香去，分明是菩薩保佑！……」

大部分的人則開始敘述他自己幾年前的某次經驗；缺乏這樣機遇的，則間接引述他的親朋好友的遭遇。或缺手斷足，或不幸蒙主寵召，說得我是心驚肉跳，頻呼「好險」，一位同事還開玩笑地說：

「車子在高速公路上這樣衝來衝去，居然還能死裡逃生，運氣是好得不能再好了，回去趕緊去簽六合彩，鐵定中獎。」

一位老師則鄭重其事地接著說：

「運氣好的不是她呀！好的是那位天王星的主人，捅了這麼個大簍子，居然連挨罵都不必，該簽六合彩的是他呀！」

於是，有人哈哈大笑說：

「那位仁兄一定以為撞到的是通緝犯或有前科的，要不然就是車內藏有槍械、毒品的不法分子，怕見警察，所以，吃了這麼大的虧，還溜之大吉。」

大夥兒說得熱鬧，我則愈聽愈不是滋味兒。一想到還可能被視為通緝犯，更加氣悶，整天都不開心。

第二天，車子送廠檢修，第五天出來，花了萬餘元。第六天，外面下雨，我們開車回台中。半路上，忽然聽到孩子在後座上興奮地高喊：

「浸水了！浸水了，好好玩！」

我倉皇回頭一看，糟了！左後座下方積水約兩公分左右，再往駕駛座下一瞧，乖乖！前座也遭殃了。奇怪的是，只要稍一煞車，就有一種海浪拍岸的聲音傳來，好像積水還不止於肉眼看得見的所在。

回到台中，從車裡出來，兩個大人就像剛泅過巴士海峽的塌毛哈巴狗般，眉眼俱失，狼狽喪氣。孩子則在車內摺紙船，玩水玩得不亦樂乎。

母親問明了原委，大驚失色地說：

「果然災厄難逃，四月間，我和你大嫂一塊兒去廟裡求神保平安，順便給你們姊妹批了張命盤，就說你今年之內有車厄，我沒敢告訴你，一直就暗自擔心，還花錢請他解厄，沒想到仍然在劫難逃。幸好財去人平安，託天之幸呀！」

其後，車子陸續進廠追蹤漏水緣由達五、六次之多，卻仍是一遇到雨天，就得車當舟駛，且有愈來愈嚴重之勢。嚴重到一遇上紅燈，便得迅速推開車門，用預先準備好的勺子，把水一勺一勺地潑出去。綠燈亮了，再趕緊關上門，繼續行駛，否則便有沒膝之虞。人家是開車上學，我是划船上學，只是這般的划船，既乏風雅之致，又得隨時提防綠燈亮時後車喇叭的催促，並忍受別人譏笑的眼光，當然，長久下來，也因此訓練出良好的體能及敏捷的反應。

親朋友好們風聞此事，又紛紛提供意見。有的說是前面擋風玻璃上雨刷處有罅漏，有的說是後面行李廂蓋不牢；有的則以為窗子泥槽出問題，有的更斬釘截鐵說是車底排水堵塞。到後來，保養廠的師傅一看到我們出現就害怕，真正是群「師」束手了。金錢的損失尚在其次，精力及時間的浪費才是可怕。我雖氣急敗壞、憤恨難消，也只能徒呼奈何！

那陣子，正逢剛搬家，百廢待興，加上購屋帶來的諸多疑難雜症，頗興「百無一用是書生」的感嘆，再添上這部漏水車的攪和，午夜靜坐，真覺萬念俱灰。

前日，一位號稱萬事通的朋友前來參觀新居。一進主臥房，便頻頻搖首，捻著鬍子，無限神通似的說：

「是了！是了！我說哪！難怪最近你們倒楣事連連，床頭擺在樑下，難怪嘛！怎麼抬得起頭嘛！不行！不行！趕緊把床頭換個方向，保你諸事平安！」

病急亂投醫，如今我們睡臥於臥室正中央，遠離四面樑柱，而所有霉運，是否真如萬事通所言，皆已遠離，也只有天知道了。

——本文收錄於一九八九年七月出版《紫陌紅塵》（圓神）

豪華遊輪之旅

遊覽車在碼頭停下，全車的人按捺住雀躍的心情靜候。江蘇省作家協會主席陸文夫先生下車去洽詢。薄暮時分，天上烏雲密布，陸先生四下打聽後，指著靠在岸邊的一艘看來久經歲月的輪船，無奈地說：

「就是這艘了！……」

眾人都大吃了一驚，隨即又小心翼翼地隱藏起震驚過度的表情，然而，實在是太意外了，張大的嘴，一時之間不容易收攏，倒顯得神情更加的詭異。陸先生是經過大場面的人，當然看出了我們的猶豫，明快地說：

「沒關係！我再去問問，看看有沒有其他方法。很抱歉！我自己從來沒坐過，也不知道是這樣的船。……」

做為客人的我們，當然不便過度麻煩主人，然而，咫尺之外的那艘輪船委實和想像相去太遠，要仰仗它度過十多個小時的航程確實讓人想起來坐立難安。因此，當他決定再度下車去打聽是否有其他交通工具時，倒也沒有遇到什麼客套的阻攔。

雨絲開始慢慢地飄下。陸先生和他那當導遊的女兒在細雨中幾經折衝，終於還是無功而返，因為實在太晚了，所有遊覽車的司機都回去休息了，而我們正乘坐的這輛車子，明天另有公務，也無法送我們去浙江杭州，陸小姐全身濕淋淋，猶自一迭聲道歉著，面對他們兩人的盛情，全車的人都自覺罪孽深重，領隊中央大學文學院蔡信發院長拿出魄力來了，他背著主人悄聲說：

「我們找兩位代表上船去瞧瞧，如果不是很糟糕，大夥兒就湊合、湊合，橫豎不過是一夜，對不對？……」

於是，我自告奮勇和他齊去一探虎穴，兩人帶回「差強人意」的訊息，坐船直渡大運河的事於焉底定。

首先，得把行李送過船去。其他人都好辦，輕便的兩只手提袋，只有研究美學的蕭振邦教授這回做了件不甚美麗的決定。從踏上彼岸開始，他便一路逛書店，瘋狂大採購，書越買越多，行李越推越重，終至演變為一樁讓左右的人看了就頭疼的負荷。那一口大箱子結結實實全裝了書，保守的估計，少說也有七、八十公斤；要搬運這樣的行李，任誰都要嘆氣。隨行的大陸青年小魯真是個好人，二話不說，彎下身便抬，使出了吃奶的力氣，臉紅脖子粗的，好不容易扛出了車外。驀地一陣傾盆大雨從天而降。走到半途的小魯，進退失據，在眾人勸退聲中，又回頭扛了過來。雨下得潑辣極了，小魯被迫放棄行李，隻身上車。那口箱子兀自在雨中的空地上矗立著。忘了是什麼人，順手拿了張塑膠袋，跑下車，往行李上一蓋，匆匆逃上車。塑膠袋實在太小了，完全於事無補，空自在大雨中襯托出行李的笨拙與悲壯。蕭教授不知是向別人解說或自我寬慰地頻頻說：

「沒關係！沒關係！行李袋防水的，防水的，……行李袋應該不會浸水的吧！……」

聲音越來越小，語氣越來越猶豫，嗜書如命的他，怕是寧可淋雨的是他而不是書吧？

雨越下越大！我握著頭等艙的船票，看著窗外不遠處那艘破舊的輪船，想到那日在南京開「兩岸文學新趨勢研討會」時，被告知會後將有一趟詩情畫意的大運河之旅時心中的興奮，不禁莞爾。主辦單位告訴我們：

「你們都是學文學的，除了開會討論文學新趨勢外，更應該好好親自瀏覽文學作品中描述的意境。開完會，由蘇州到杭州，我們特別安排由大運河前往，在這種雨季裡坐船，讓你們充分享受江南的河上風光。」

我一向是無可救藥的樂觀主義者，一聽這話，當場歡呼起來。一些比較有經驗的教授如台大的周志文先生、中央的顏崑陽先生可就不像我這般見識短窄，隨即謹慎地打聽輪船的狀況，得到的答覆讓這群生長在資本主義下、不耐大陸苦熱的教授群十分寬心：

「放心！是豪華郵輪！兩人一間，有冷氣設備。」

我不知道旁人是怎麼想的，我可是馬上就聯想起在電視影集「愛之船」中的那艘白色的豪華郵輪——有美輪美奐的餐廳，羅曼蒂克的游泳池，寬敞的甲板上隨處可見到含情脈脈的俊男美女……而且，不瞞您說，當晚，我還在夢中跳了一整夜的舞，以致起床時腰痠背疼。如今，真相揭曉，那艘靜靜地停泊在雨中的老舊輪船原來就是所謂的「豪華郵輪」，你就可以明瞭為什麼大夥兒初識它時嘴巴要張得那麼大以致無法輕易合攏了。

雨終於停了。

我們獲准先行登船。唯一的雙人房，男士們禮讓團裡的兩位女士——印第安那波里斯大學社會系藍采風教授和我。藍教授是我小學同學的姊姊，不管是基於「敬長」或「尊賢」，都該由她先行選擇鋪位，沒想到這簡單的二選一題目，最後卻害得她徹夜輾轉，這是後話，暫且不表。輪船裡裡外外都非常狹小，所謂「甲板」過道，僅容兩人側身而過；而「雙人房」也者，除上下二鋪外，僅有形跡可疑的冷氣機一部，冷氣機上方一張釘得不甚牢靠的桌板及一個簡易洗手檯，其他空間僅容一人站立。我等藍教授在上鋪坐定後，把行李推向下鋪的尾端，冷不防，一群蚊子驚飛四散開來。我一向膽壯，卻也被嚇得出一身冷汗。冷氣有氣無力，所有按鈕悉遭解體；洗手檯上的水龍頭處變不驚地維持藕斷絲連的水量。房裡一股不透氣的霉味，藍教授和我各據一鋪，盤腿而坐，努力地搖著扇子，依然驅不去那股奇異的氣味，我開始慢慢能體會釋迦牟尼修行的艱辛了。

我們的房間正好是船頭第一間。等到人潮逐漸往船尾疏散，我們才走到過道享受河風的吹拂。隔壁房是中山大學文學院鮑國順院長、台大教授朱志宏先生、中央大學劉光能教授及先前提到的周志文教授四人，這時也都簇擁著到船邊來。船就要開了！陸先生和陸小姐已先行離去。汽笛響起，船終於緩緩前行。經過了這一番折騰，大夥兒都有些兒意興闌珊，缺少了像「愛之船」中壯觀的送行者，倚在欄杆的我，竟有點兒林沖夜奔似的蒼涼感受。原本是一件快樂的事，沒道理變成這樣的呀！我覺得有些不甘心！繼之決定讓自己開心一下。乍晴的黃昏，碼頭上只有三名看熱鬧的男孩兒扠著手站在那兒目送我們，我假裝他們是來為我們送行的，用力地朝他們揮手，拉開嗓門喊道：

「再見啊！再見！……」

有趣的事發生了，杵在那兒的三個人突然齊齊地轉過身去看背後，背後沒人呀！他們又轉過身來，這回，我又高喊：

「就是你們啊！再見啊！……」

三個人又往後面看，這次他們往更遠的地方張望，什麼人也沒有呀！又回頭，我仍然熱情地朝他們揮手。周志文一看，也興奮了，也加入揮手行列，更語出驚人地朝他們大喊：

「回去好好孝順父母啊！……」

宏亮的聲音在空氣中迴蕩著，那三個男孩想是聽到了這話，忸怩地相互推擠比畫著，船上的人則無論大小全都忍俊不住，縱聲大笑起來，船越走越快。

船上設備極為簡陋，我們因為來得較早，也沒吃晚餐，本以為要挨餓直到杭州。誰知六點左右，忽然送來了一條紅燒魚、一盤青椒肉絲和一大碗公白飯，我們忙不迭地理出地方擺菜，心中著實感激不已。正添好飯，準備下箸，小弟又送來四盤菜，一大碗湯，弄得我們手忙腳亂的，連水槽裡都疊放著菜和湯。低頭吃著飯的藍教授許久沒說話，猛一抬頭，卻見她捧著飯，眼眶都紅了。兩人吃六菜一湯，而底艙裡還有擠臥在一堆的當地同胞，我們何德何能享受這樣的待遇？難怪研究兩岸社會狀況的藍教授要感慨得幾乎落淚！

入夜後，室外風雨漸大。我們費心把蚊子趕盡殺絕後，緊閉門窗，準備入睡。冷氣依然意興闌珊地吐著氣，屋內越來越熱，藍教授在上鋪翻來覆去，不時坐起來嘆氣。三十分鐘過後，她終於忍不住發難：

「你確定有冷氣嗎？」

「沒有！」我斬釘截鐵地回答。

於是，只好打開窗子，任憑好不容易才驅出的蚊蟲再度從容回家。更嚴重的是，汽船的油煙也一股腦隨風而入，惡濁的空氣在室內盤踞。我蜷曲著身子，一面在下鋪和蚊蟲奮戰，一面培養動心忍性的工夫。藍教授依舊在上面輕聲嘆氣，每隔幾分鐘，我就感覺到她似乎又坐了起來，這時，只要一睜眼，準看見她的兩隻腳懸在半空中晃蕩，扇子搧得ㄆㄧㄚㄆㄧㄚ作響，有一次，我忍不住問她：

「怎麼啦？」

她如釋重負地說：

「你也睡不著嗎？我怕吵到你，可是，我實在受不了天花板上這盞燈，它就直直地刺到我雙眼前，離我的臉不到一尺遠。」

我起來研究了半天，開關被挖空了，一籌莫展，我悄悄地躺回床上。說實在的，浸淫中國文學多年，也常想效古人俠義之風，只是這換床以濟他人之難的念頭實在太過壯烈，以致讓我遲遲未敢啟齒。不是我缺乏俠氣，而是我一向睡覺也極度畏光，我不敢想像頭上頂著一盞黃澄澄的燈泡睡覺會是何等光景！

「如今，唯一的方法只有把燈泡給敲碎，才能一勞永逸。」我躲在陰暗的角落，陰惻惻地想著。

然而，想歸想，我終究還是沒把這斬草除根的方法給建議出來。因為我實在想像不出我們兩人之間，誰會有足夠的勇氣去破壞公物——即使它只是一只小小的燈泡。

天快亮時，我正朦朧欲睡之際，藍教授忽然說話：

「你睡著了嗎？我的眼鏡壓破了欸！唉！……」

屋漏偏逢連夜雨，可我再撐不住了，我不記得有否回答，迷迷糊糊入了夢鄉。

整整十六小時的航程，比原先預計的多出了四個小時。憑良心說，輪船駛抵港口時，大家都已到達忍耐的極限。藍教授徹夜未眠，我雖睡了近半個鐘頭，卻大汗淋漓，頻頻夢到自己像冰淇淋遇熱般融化為一堆爛泥；隔鄰的先生們則因冷氣太強，又缺乏禦寒衣物而幾乎凍成四枝冰棒；住在船的另一邊的四位男教授則打了一夜的蚊子。下了船後，大夥兒執手相看，都有劫後餘生的喜悅。中央大學王邦雄教授以他一貫不疾不徐的語氣為這趟大運河之旅下了個結論：

「這哪裡是豪華郵輪之旅！根本是魔鬼訓練營。」

不過，大夥兒都承認這是一次難得的經驗，我們打算回台灣後，大力鼓吹親朋好友到大運河來享受「豪華郵輪」，我們會很老實地告訴他們：

「兩人一間，有冷氣設備！」

當然，他們將會和我們一樣發現「豪華」原是一種比較級的說法，是相對於底層的大統艙而言，到時候，他們必會對中國文字的博大精深與變化莫測有更大的敬畏！

當我們在中正國際機場握手告別時，不約而同地彼此互勉：

「回去好好孝順父母！」

這句話真好！放諸四海而皆準。

——本文收錄於一九九四年一月出版《不信溫柔喚不回》（九歌）

上海的黃昏

兩岸青年文學研習營在上海的黃昏閉幕，心情轉為輕鬆。閒聊時，有人忽然問起襄陽市場，在座復旦大學教授陳思和要言不煩地提醒：

「你們千萬別去，不好！去了準上當。」

眾人唯唯以對，佯裝乖順且附和地唾棄仿冒；一俟陳教授轉身，立刻抓緊時間，驅車直奔久聞其名的贗品市場：

「既然來了上海，總得見識見識！算是另類文化觀察嘛！」一干人自我解嘲著。

天空微雨。下了計程車，立刻有人賊頭賊腦尾隨不去。

「要不要看名牌皮包？有上等的貨色。要的話，跟我來。」

洶湧的人潮中，眾人面面相覷，不置可否。尾隨者看出有機可乘，立刻遞上名片，鍥而不捨地遊說。本來也沒有特定主張的一群人，遂被領著，穿過重重人群，在漸黑的巷弄間，彎彎曲曲地遊走，最後上了一條窄窄的樓梯。不可思議地，光鮮亮麗的各色名牌皮包，丰姿綽約地展現在樓梯的盡頭。

眼花撩亂地看著、選著、殺價著，立時所有眼睛發亮的朋友，都像身經百戰的鬥士，和口若懸河的店家進行捉對廝殺。東張西望的，我一時拿不定主意。雖然，對名牌一些概念也無，但是，在那樣熠熠發亮的燈光下，我卻神奇地確信每一只架上的冒牌皮包都能適時提高我的身價、增加我的丰采，每一個都讓我愛不釋手。然而，因為生性猶豫，又拙於應對，雖然最後瞄準一只情有獨鍾的大型旅行箱，終究沒能及時和它達成共識。時間急迫，接下來的節目，正是文友C君為報答復旦學者先前殷勤款待所設下的晚宴。身為主人，可不能因為貪看仿冒品而遲到失禮，何況這還關係到兩岸學術界的禮數較勁。於是，眼明手快、立有斬獲的人，人手一個大型黑色塑膠袋往回走，我雖無絲毫斬獲，也只好快快尾隨。

出到襄陽市場外，才知大事不妙。街道邊兒，全站滿了招車的人，而經過的計程車，幾乎車車客滿。我們原以為預留了足夠的時間，卻因為一車難求而變得緊張慌亂。情急之下，也顧不了其他，六個人兵分兩路，各自謀生去也。外子眼尖，沒多久，便發現一部空車駛近。他拉開車門，正轉身招呼我們，倏地，一位勇壯男子不由分說鑽進前座，他的一干手腳麻利的婦孺家屬也訓練有素地爬進後座，不到一秒鐘，四人悉數就定位，理直氣壯地吩咐師傅開車。外子不防有這一招，一時措手不及，吶吶辯說：「明明是我先攔到的。」然而，師傅也毫無主持正義的意思，任憑奸人取巧得逞，開車揚長而去，我們這才想起友輩傳說中在大陸搶搭計程車的恐怖經驗。

既然大意失荊州，市場周邊又競爭者眾，我們便彼此吆喝著往前行，邊走邊回頭張望是否有人下車或有空車經過，一邊還不忘相互砥礪一旦有機可乘必得施展既狠且準的搶車伎倆：

「千萬不得手軟！」

走了半晌，判斷方向不對，應該轉進到上游地區，才能絕地逢生。於是，一呼兩應，三人又結伴回頭狂奔。恍惚間，看到台灣那另一組三人幫，也以飛快的速度和我們在黃昏中競走。就在微雨的上海街頭，六個人、二組人馬時前、時後相互超前地奔跑著，一派唯恐計程車被對方招走的競爭態勢，是那種仇人相見、分外眼紅的咬牙切齒狠勁，擺明了根本就是鹿死誰手的內鬥，行為幾近瘋狂。

因為逆向，越跑，距離目標越遠，時間一點一滴過去，一部車也攔不到！另一組人馬則在一眨眼間失去蹤影。三人立在雨絲飄緲的街頭，徬徨張望、灰心喪志。於是，當機立斷，決定回頭往晚宴餐廳的方向直奔，這樣，至少能越跑越接近目的地；屆時，若真是運氣背到不行，我們已有心理準備，必欲「達陣」而後已，即使一路狂奔至餐廳也在所不惜。

因為體力不支且過度緊張，我埋首在人行道上氣喘吁吁地盲目追隨被C君的速度拋到身後的那只他的隨身書包。才稍一閃神，書包不見了！正惶惑間，一陣摧枯拉朽的呼叫傳來：

「玉蕙！趕快來呀！我攔到了！」

尾音因為緊張、刺激而龜裂開來。我惶惶四顧，才發現不知何時C君竟已然鑽到車道上。C君一向溫雅，呼叫聲音如此之淒厲，堪稱前所未有，聽得我幾乎魂飛魄散。於是，披頭散髮的我，一邊身手矯健地跟著從隔離車道與行人道的一處鐵質柵欄小漏洞鑽出，一邊仿照C君淒厲的音調，向身後的外子高喊：

「全茂！趕快！來不及了！」

然而，洞口實在太小，手上張開的傘越急越不聽話，被欄杆卡住。情急之下，我也忘了可以將傘先行收攏，只一味東拉西扯地企圖掙脫，輪到外子在後方高聲哀告：

「把傘收起來啦！傘卡住了，我也過不去啊！」

話聲未了，C君又一聲比一聲淒厲地喊過來：

「趕快啊！有人搶我們的車子啦！」

我終於排除萬難，衝到C君已一腳跨入前座、搏命占據的計程車旁。後門邊，一位粗壯的女人企圖捷足先登，我發揮吃奶的力氣，不要命似地一把將她奮力推開，順勢竄進車上，外子緊接在後，默契十足地擠身過來，用力關上門。女人不相信戰爭已然決定勝負，猶然張著嘴在車外叫囂、咆哮。

我們贏了！揚棄文明人的溫、良、恭、儉、讓，憑藉最原始的本能，在上海的街頭殺出一條血路，獎品是一部行走中的計程車。三個濕淋淋的人亢奮地在車內笑談、咀嚼勝利的滋味，感覺嘴角血痕未乾，嗜血的快感油然萌生。師傅微笑以對，徐徐將車子從上海的黃昏開進黑夜裡。外頭的雨，瞬間變得又急又狂。

次日黎明即起，乍然想起那口無緣的大皮箱，不禁為自己的睿智而慶幸。幸而沒來得及購買，否則，在千鈞一髮之際，拎著偌大箱子，如何能從狗洞大小的縫隙中鑽出至車道？想到這兒，便和那司機一般自得地微笑起來。上了回程班機，忍不住向同行友人誇言昨日上海黃昏的正確抉擇，同行者齊齊駭笑說：

「你幹麼一定得從洞口拖出皮箱或雨傘？為何不直接從欄杆上方遞送？」

不知是否錯覺，我感覺飛機彷彿一陣激烈恍動，好似也為我的大貓鑽大洞迷思前俯後仰地笑得樂不可支。

——本文收錄於二〇〇六年一月出版《公主老花眼》（九歌）

電視新聞

世界無車日，市民騎鐵馬遊台北。電視新聞鏡頭抓到一位七歲左右的孩子，雙手緊握把手，蓄勢待發。記者向前問道：

「今天能在馬路上騎腳踏車，你開心嗎？」

「開心。」孩子的回答言簡意賅。

「為什麼開心？」

記者好像在測試孩子的專心程度，忽然問了這麼個問題。孩子愣了一下，隨即機警地回答：

「因為能在馬路上騎腳踏車。」

民航班機失事。電視記者在民航局長閃進電梯裡後，對著鏡頭說：

「民航局長，一語不發地走了，只說了『對不起』兩個字。」

縱貫線上車禍消息。記者誇張地在電視裡指著撞得歪七扭八的車子，大驚小怪地說：

「今天下午三點左右，一輛由×××所駕駛的賓士轎車，不知何故，『追撞』路邊的電線桿，車子的耳朵整個破裂。」

大雨傾盆，記者撐著傘在雨中說：

「今天下午降下大雨，『一』度使得中正國際機場『兩』度關閉。」

警察查獲色情交易。記者追問被抓到的陪酒小姐心情如何。小姐賞以衛生眼珠。記者語無倫次地下結論：

「這些被抓的陪酒少女，對陪酒這件事，顯然不以為『然』，對警察的詢問也很不耐煩。」

電腦遊戲競賽，記者勉勵遊戲失敗的一方說：

「請彼此『自』勉，好好用功！」

——本文收錄於二〇〇六年一月出版《公主老花眼》（九歌）

教授別急！

應中和社區大學之邀，她前去中和農會演講。前一夜，她還上網列印地圖，研究路線，並多方請教車程所需的約略時間。課程從晚上七點開始，怕尖峰車流，她六點出發，預估的時間原本應該綽綽有餘的，卻因月黑風高，一時誤如歧途上了八里、新店快速道路；等驀然回首，已身陷板橋。發現鑄成大錯後，她鎮定地想用最笨也是較可靠的方法——循原路而回，再重走一趟。誰知黑暗中竟然看到「中和交流道」五個大字的標誌，啊！這不就是她要去的地方嗎？她見獵心喜，不假思索，立刻往指示方向奔去！豈知一失足成恨事，眼見中和就在下方，卻怎麼也下不去！闃黑裡，只見閃閃爍爍的車燈像水流般一路蜿蜒而去，她被車流挾持著上了高速公路了。呼天天不應，叫地地不靈，時間一分一秒過去，她心急如焚，主辦單位的電話催促聲在高速路上聲聲哀嚎，她退守到路肩接電話。「時間已經快到了，您在哪裡？」聯絡的男子高聲問。她四顧茫然，找不到任何足資辨識的符號。

「教授別急！慢慢來！我們會等您的。」

別急？男子的聲音高亢、急促，根本無法配合溫柔安慰的話。

她告訴自己，別慌！殺人也不過頭點地，又抓起方向盤，踩油門，看到安坑了。腦子忽然一片混亂，安坑？深坑？到底哪個坑較接近中和？還沒想好，已然錯過交流道。電話又響起來，教授到哪裡了？安坑。這回她顧不得守法與否，接了電話。「是往南還往北？」是啊！現在到底往南還往北？天啊！腦子像一盆漿糊。終於看到深坑，那到底意味著往南還是往北？她方寸大亂，差一點哭出來。

「那教授是往北囉！現在趕緊想辦法下交流道，再回頭走，中和在南方。教授別急！」

「教授別急！」隨著時間的流逝，男子的聲音越來越急，也越來越大聲。

交流道上大堵車，寸步難行，她恨不能把車子摺起來拎著飛。「教授別急！我會先讓聽眾做做運動！」男子每五分鐘打一次電話，每一次的最後都用「教授別急！」作結語，她覺得男子比較像是在安慰他自己。

好不容易終於回頭下了中和交流道，以為該是柳暗花明了，誰知才是嚴酷考驗的開始，中和的道路錯綜複雜得教人抓狂，男子企圖穩住軍心：「教授別急！」直走、有沒有看到岔路？……還沒有？有沒有看到……啊！已經超過了。「教授別急！請轉回頭，差不多兩百公尺再右轉。……有沒有看到麥當勞？」看到了！「有沒有看到金石堂？」看到了！「附近有沒有一個保齡球館的大樓？」啊！真的看到了！「有沒有看到我們的接待人員？」沒看到哪！「怎麼會？你看看是中和路三十五號嗎？」瞇著眼找門牌，不是，是三百多號。

「天啊！相反方向了，再逆向轉回頭……教授別急。」

出發前喝下的大杯咖啡開始產生排擠效用。她告訴自己，雖然已經遲到，還是得先想辦法上個洗手間。「教授別急！」聽得出電話那頭的聲音越來越咬牙切齒，她的汗像雨般狂下，遲到四十分鐘了！「教授別急！」終於看到人了！她匆匆停了車，跑步奔進農會，鑽進電梯。

「一定得先上洗手間，否則膀胱鐵定完蛋。」

電梯門開，沒得迴旋，一百多雙眼睛齊齊射向她，有人拍手，有人歡呼「終於來了！」主辦者的臉色鐵青，幾乎用推的將她拱上前方，她被一百多雙眼睛緊緊鎖住，動彈不得。洗手間去不成了，憋著吧，硬著頭皮上台。

這回輪到她告訴自己：「教授別急！千萬得穩住。」

——本文收錄於二〇〇七年一月出版《大食人間煙火》（九歌）

搭車總是按錯鈴

自從升格為有車階級後，就鮮少搭乘公共汽車。因此，幾乎偶一乘坐，便會鬧一點笑話。

幾年前的一個雙十國慶日，風和日麗，一時心血來潮，決定將自己打扮得漂漂亮亮赴約。因為停車不易，時間又仍充裕，我以一種非常閒適的心情去搭公車。

走到了中正紀念堂的站牌下，才發現皮包內的零錢有限，於是，我謹慎地向同樣在等車的一位女士請教：「不知道現在的公車票，一張多少錢？」

那位中年女人很親切地回答過後，突然又接口道：「你是專程回國來慶祝雙十國慶的僑胞嗎？」

我愛開玩笑的毛病一時又犯了，故意驚訝地說：「哇！你好厲害！一下子就被你看出來了。」

她露出得意的神情，侃侃而談：「我看你這一身打扮就猜出幾分，加上你問公車價錢，表示你對台北很生疏。雖然國語說得不錯，但一些咬字，仔細聽，還是有幾分不一樣！你是不是從馬來西亞回來的？」

說到這兒，我就真的不服氣了！從小因為國語標準，演講比賽幾乎無往不利，居然被她說成華僑的腔調。然而，為了報答她的熱情，我不忍掃興，只好配合她的猜測，硬生生逼出一些廣東腔來。

至於為什麼會被誤認為馬來西亞的僑胞，可能跟我當天穿的那條大花長裙脫不了干係。

那位太太真是非常熱情，又非常愛國，她殷殷交代我要常常回到「祖國」來看看，並詢問我有沒有孩子，是不是有讓他們學習國語……我配合她澎湃洶湧的言論，也淋漓盡致地演出。

公車終於來了！我隨著乘客魚貫上車，刻意找了個離她稍遠的位子坐下，一路上欣賞著窗外的景致。那位婦人坐在前方，靠近車門附近；當我的眼光無意間從人群的隙縫中瞥到她時，她總是回報我以極度友善的笑容。

車子快接近目的地，我按照以往的經驗法則，在車內尋找拉鈴，居然遍尋不著。這一驚，真是非同小可！似乎沒人和我在同一站下車，眼看就要過站不停了，情急之下，我不顧形象地朝司機高喊：「下車！我要下車呀！」

聲音之淒厲，震驚了許多正打著瞌睡的乘客。我立起身，排開人，邊道歉，邊直奔前方下車。匆忙之中，我聽到方才那位婦人充滿歉意地向左右乘客解釋道：「歹勢哦！是歸國華僑啦！從馬來西亞……」

後腳跟落地，車門應聲關上，我站在揚起一陣煙塵的路旁，笑得直不起腰。

然而，羞惡之心，人皆有之。於是，不恥下問的我，總算在兒女的指導及躬親勘察下，弄清楚了狀況，原來有線拉鈴早已取消，代之而起的是一種黑色的條狀橡膠鈴，只要在黑條上輕輕一按，就可以了。

豁然開朗後，又有一大段的時間與公車絕緣。幾個月過去，聽說信義路往世貿的公車專用車道啟用，我又興致勃勃地前去湊熱鬧。這回我學乖了，事先問明票價，並準備了充分的零錢，婀娜多姿地上了公車。

快到站時，我氣定神閒、經驗老到地往車窗下的黑條上按，糟糕！怎麼不聽使喚？我當它故障了，換個位置，還是靜悄悄的。我開始急了，怎麼會這樣？不信邪！於是，翻身焦急地用力按遍凡是有黑色條狀的地方，包括車窗上四邊的黑框框。車上的乘客零零星星，一位大概一直在注視著我瘋狂舉止的女學生，忍不住了，問道：「你在幹什麼呀？」

「下車鈴怎麼不響？壞了嗎？」

她愣了一下，忘形地前俯後仰大笑起來，差點岔了氣地指著旁邊柱子上醒目的「Stop」鈴說：「喏！下車鈴在那兒啦！這是匈牙利公車，不是以前的公車，現在是按這種鈴……」

幸好車子已然到站，我紅著臉，拔足狂奔下車，覺得自己真的矬到極點，根本應該咬舌自盡。

這樣的經驗，想是讓我得了幾分驚嚇。因為，接下來的幾個夜晚，我不停地作噩夢——夢到我又在公車上出醜了！公車的下車鈴不知何時又換了！上車時，改成人手一支喇叭，到站時，必以喇叭示意……

那幾天清晨，我都在聒噪的喇叭聲中驚醒過來。天啊！這世界瞬息萬變，讓人措手不及，居然連公車車鈴也不例外。

——本文收錄於二〇〇七年一月出版《大食人間煙火》（九歌）

繼續上路囉！

以我先天對機械的低能與駕馭無方，學會開車這件事，堪稱是我人生中最驕傲的突破與成就。我必須老實招認，較諸博士學位的取得，對我而言，學會開車的難度更高，成就更顯卓越。因此，談起這取得不易的技能，我可是沒什麼好謙虛的，雖然，二十四年的開車史裡充滿不光彩的斑斑「劣」蹟！

剛學會開車那些年，我住在中壢。少不得開車到台北逛逛，以驕吾友朋。於是，洋洋得意行過總統府前的重慶南路，想一路直奔火車站。豈知到了某個路段，忽見前方一輛大型公車欺身到我的車道來了。一向聽說公車司機「鴨霸」，常常以大欺小。想我廖某人雖是女流之輩，又豈是好欺負的！立刻決定正面迎敵，以高亢的喇叭聲示意他重歸正途、回頭是岸，誰知司機非但不慚愧地轉回他的車道，竟還大剌剌揮手，示意我閃邊、讓道。是可忍、孰不可忍！我打開窗子，準備好好教訓這個狂妄無禮的傢伙，決心必要時為真理殉身也在所不惜。正義之劍正待出鞘，一位行人熱心地靠過來，大聲朝我說：

「小姐！這一段是單行道，你怎麼開到人家的車道來了？」

那次的經歷，除了讓我見識到台北市奇怪且突兀的單行道劃分路線外，最重要的啟示是無論多耳聰目明的人都必須學會謙卑。我羞愧地蜷曲在家裡，止痛療傷半年後，決定再次重整旗鼓，前進台北。這回目的地是大理街的中國時報，前去參加報社舉行的文學獎頒獎典禮。為了表達最虔誠的敬意，我穿上最美麗的衣服，並將那輛裕隆轎車擦得晶亮。（已經是最便宜的國產車了，再不能因髒亂而更讓人看輕！）到達時，典禮正隆重進行。我煙視媚行，巧笑倩兮。（那年我約莫三十餘歲，年華方盛）一切似乎都在掌握之中，典禮結束後，我丰姿綽約地登車，拉下手煞車、倒車，「碰！」驚心動魄的聲響自後方傳來，我攔腰撞上了停放一旁看起來非常高級的進口轎車。一位警衛或司機模樣的男人立刻從廊簷的陰影中衝出，嘴巴張得大大的。我嚇得說不出話來，像個闖禍的小學生撞翻了同學家高級的骨董，羞紅了臉從車中走出，不知道該如何善後，只吶吶地自言自語。正僵持著，裡面出來了一位氣質高雅的女子，據說是車子的主人。男人即刻趨前報告，女子看了看凹陷的車身，再看了看我，搖頭笑說：

「唉！女人開車。」

後來，我才知道，她就是中國時報的社長余範英女士。我懷疑就是那次結下的樑子，使我的寫作一直和時報糾纏、繾綣，至今猶不罷休。

那回的車禍，其實不能全怪我技術欠佳，說起來搭便車的愛亞也難辭其咎。那天初識愛亞，為了讓新認識的朋友見識我帥氣的駕駛姿態，油門因之踩得太過，遂釀成大禍！說來邪門，幾次發生事故，都恰好發生在愛亞搭便車之時。文友林燿德結婚那天，吃完喜酒，愛亞沒被上回事件嚇破膽，仍決定搭我的便車去警廣上班。我為了一雪前恥，刻意謹小慎微。誰知在中山北路最熱鬧的地段，車子一陣打抖後，竟然在路中央停擺，無論我如何敲、打、扭、轉，引擎都無動於衷。後頭的車陣大排長龍，催促的喇叭聲音一聲急過一聲，我探頭出去，朝緊接在後的計程車司機大喊：

「你別再按喇叭了好不好？我都急死了！請您行行好，下來幫我看看是怎麼一回事啦！」

梳著整齊西裝頭的司機，冒著雨，小跑步過來，才探進頭，立刻用很專業的判斷告訴我：

「小姐！沒油啦！發不動的啦！沒用啦！……」

說完，一邊嘆氣道：「唉！女人開車！」一邊屈著身子跑回他的車裡，三轉兩轉的，從隔鄰的車道遁去，完全缺乏守望相助的崇高理想。愛亞想是非常後悔這次沒有聽從孔老夫子

「不二過」的諍言而再度誤上賊車。可也沒法子，板蕩識忠臣，危急見氣節，她到底還是個講義氣的人，沒有棄我而去，兩人在車內愁眉對坐，不知道拿這個有著龐大軀體的飢餓怪獸怎麼辦。快過年了，車流特多，貪生怕死的我，有幾次想棄車逃逸，免得被粗心的駕駛從後頭追撞，然而，終究沒有行動。正愁著，從一旁竄出一位可愛的交通警察。問明原委，立刻交代我在駕駛座上操控方向盤，由他負責在車後推動，打算將車子推到外側車道上，以免妨礙車流。這位胖胖的人民保母真的很讓人感動，我從後照鏡裡，看見他披頭散髮在雨中使盡吃奶的力氣推車，由衷對人民保母升起無比的敬意。正沉浸在感動的氛圍當中，忽然前方跑來另一位高瘦的交警，他氣急敗壞地喝令坐在我身旁的愛亞說：

「喝！你倒舒服，安安穩穩地坐著讓人家推。你就不能下來幫忙嗎？」

真是一語驚醒夢中人！一身披肩、長衫的倒楣朋友只好訕訕然下車幫忙，這輩子我從沒像當時那般覺得愧對朋友。

類似的燈枯油盡，其後又陸續發生過幾次。一回，停放貴陽街東吳大學城區部，才開沒幾步路，又停擺。因為先前忘了關大燈，所以自以為聰明地判定是電瓶掛了。貴陽街上的憲兵隊的幾位阿兵哥應我之請，熱心地出來幫忙推車，推了半天，一點效果也沒有，一位經驗老到的班長，察看半晌，才發現車子原來是飢火中燒，還勞駕阿兵哥從軍營內偷了一桶油出來「救災」。一整個下午，淋漓盡致搬演了一齣「民敬軍、軍愛民」的動人倫理大戲。另一回，時值深夜，由於有了前幾次的經驗，我一下就明白癥結所在，即刻以電話向外子求援。外子帶著一只空桶子和一條塑膠管，騎著摩托車迢迢前來。暗夜中，像騎著白馬的王子，只是要吻醒的不是公主而是冰冷的車子。附近方圓幾百公尺之處，都沒有全天候的加油站，桶子無濟於事；外子企圖以塑膠管引導摩托車的油至汽車油箱內濟急，他以口就管，吸一大口，再急急將管口對準油箱口，似乎不管用，因為汽車的油箱較摩托車略高。於是，他吸之再三，最後是如何解決，如今已不復記省，可永遠忘不了的是回家後的外子，因為吸了一肚子油氣，昏昏沉沉了三天三夜，難看的臉色到底肇因於生理或心理？我問都不敢問。

前年，我為執行國科會計畫案，深夜在洛杉磯機場租了車，將油箱加滿，次日到Temple City拜訪紀剛、到Irvine看王藍，第三天又從洛杉磯迢迢前往聖塔巴巴拉去拜訪白先勇先生，前後開了好幾個鐘頭的車程，油錶竟然仍居高不下，我高興地朝外子說：

「美國的汽油真管用！跑了那麼遠，竟然還滿格。」

外子斥為無稽，催促去加油，共加了十六加崙，才發現油箱幾近全空，原來油錶故障。我們差一點在美國的高速路因失速而失事，回想起來，真是驚出一身冷汗。

說到在高速公路開車，就不由得想起一次有趣的經驗。當時我在桃園的中正理工學院教書，下課後，往往有同事搭便車回台北。一次，載著三位女老師在高速公路上奔馳，忽然發現一位大卡車的司機，「瞻之在前，忽焉在後」，不但追著我的車子跑，還打開車窗不停地朝我們比手畫腳，我快、他也快，我慢、他也慢，同事們都嚇壞了！沒料到光天化日之下，竟然有人敢公開調戲良家婦女！就這樣一路奔馳，等我們從高速公路下到五股交流道，再轉到台北車站前，右轉中山南路，男子仍舊尾隨，不肯放過我們。兩輛車子終於在中山南路上同時被紅燈攔下，嚼著檳榔的司機更打開車門，踱到我的車旁，敲起我的玻璃窗。同事們紛紛警告不要開窗，他越敲越急，我一時惡從膽邊生，打算和他拚個死活。於是，打開車窗，問他意欲何為，他很好心地說：

「小姐，你好大的膽子！一路狂飆！也不打燈號，就這樣左右開弓地變換車道，難道你不知道這樣很危險嗎？難不成你的車燈壞了！我跟你講話你也不理，唉！女人這樣開車！這會被罰錢的……」

試了試，果然兩支後車燈全壞了。大夥兒又好笑、又惆悵，好笑的是錯怪了好人；惆悵的是一群中年女子全高估了自己的美貌。

當然！我們之所以有這樣的疑慮並非全然無稽。外子和我，就曾碰過凶神惡煞。事情發生在清晨開車上班途中，行經板橋時，一輛ＢＭＷ的轎車毫無預警地從右方以極為險巇的姿態斜岔進到我們的車道，小小擦撞了我們車子的保險桿。本來擦撞事小，但是，一大清早被嚇得魂飛魄散，對方的蠻橫開車態度讓人生氣。我即刻威脅開車的外子下車理論，唯恐溫文的外子秉持一貫息事寧人的態度，我用狠話恐嚇他：

「這回，若是你還不兇他，我就唾棄你！」

對方看來也不滿意意外的發生，他大剌剌下車察看，我驚嚇地瞥見男子的兩隻粗壯的手臂上，刺了兩隻碩大的青龍。轉眼看到外子正拉起手煞車的青白手臂，我嚇得驚醒過來，即刻拉住被激得打算下去論個是非曲直的外子，一邊擠出燦爛的笑容，一邊提醒外子：

「別下車！微笑！微笑！」

伸手不打笑臉人，刺青的男子發現他的車僅有些微傷痕，橫了斜肩諂媚的我們兩眼，才悻悻然上車離去。

聽完了前面的供述，諸位看官千萬別企圖研究台北市交通的混亂與廖玉蕙之關聯，試問開車的朋友，誰敢說他就不出點兒小差錯哪，何況二十多年才發生這幾樁。

來！不管它！我們繼續上路囉！

——本文收錄於二〇〇七年一月出版《大食人間煙火》（九歌）

暴衝的失控

停車技術

出門回來，正滿頭大汗設法停車在家裡附近的巷道牆邊。一位高頭大馬的大哥級人物，交扠著雙手在一旁觀看，看著、看著，直走到我的窗口邊。我搖下窗子問他：「有事嗎？」

「哼！有事嗎？」他用鼻孔發音，複述我的話。接著說：「你的開車技術怎麼這麼爛！」

「我的技術好不好，干你什麼事！」我不服氣地嗆聲。

「怎麼不干我的事！你的車常常撞到我的車，你車上的紅漆還留在我的白色賓士上哪！我都沒找你賠。」他指著另一邊牆旁的舊舊賓士，恨恨地說。

我沒印象曾撞過賓士車，但開車三十餘年，也沒把握從沒意外發生，也許小擦撞在所難免。這種事，否認或承認都不對，何況還見他的右手臂上隱約刺了條偉岸的青龍。人單勢薄，我不敢跟他硬掰，只訕訕然說：「不會是『常常』吧！頂多一、兩次吧，那樣應該不算是常常吧？……一兩次算是常常嗎？」

那位大哥顯然被我的問話搞得啼笑皆非！不知如何回答，只悻悻然交代：「要多練習、練習啦！」然後，像個寬宏大量的大哥般，走人。

這回停車，我非常謹慎地避過堅硬的牆壁和前後兩輛車子，總計花了十五分鐘。

我忽然失控了！

住家附近的華光社區巷道內，通常可以免費停車。因為勒令拆遷在即，大部分的住戶都遷走了，只剩了幾戶人家。

上回說我的車子在他車上留漆的運匠，我懾於他胳臂上一條蜿蜒的刺青長龍，虛與委蛇一番，結果他食髓知味，步步進逼，越來越囂張。有一回還誣賴我的車子某天停在不適當處，我不由分說道歉，回家查行事簿，發現那整個禮拜我連人帶車都不在台北，害我生了幾天悶氣。

雖然百般守法，卻只要一停車，他就過來鬼頭鬼腦監督著，實在很不是滋味，今天終於一股腦爆發開來。

本來準備進屋的他，看到我的車子出現，又站出來監看，並開口說著些什麼。我氣極了！打開車窗遙問：「你又要幹什麼！請問你對我有什麼不滿意的？」

他說：「你的車子不能停那裡！」

「為什麼？」

「因為有時候貨車會進來，我的車就開不出去。」

「為什麼貨車要進來？為什麼你不阻止貨車進來？為什麼你不從另一邊大大的路出去？非要從這裡出去？為什麼我後面這一台車可以停，我不能停！你憑什麼管我！」

「因為我是義交。」

「義交了不起？」

「因為我住這附近。」

「我也住附近。」住附近也能成為教訓人的理由？

「你住幾號？」

「你管我！不是住這裡就可以占地為王，要講道理。沒有畫紅線，沒有妨礙交通，你就不能管我，管你是警察還是義交！台北停車不容易，大家都互相體貼，你就不能不要這樣成天找碴嗎？」

「上回，你撞了我的車，紅漆還留在我的車子上。」

「天啊！這件事你還要提幾次？紅漆留在你車上，還不知是你撞我還是我撞你哪！」

「我還照了相，只差沒去舉發你哪！」

「我真心希望你有證據就去舉發，別每次囉哩囉嗦的，但請提出有力的證據。不過，我真是好奇，你幹麼成天監視我、干涉我，我到底怎樣惹你啦！」

「我只是告訴你這裡不能停車！」

「這裡不能停，那裡不能停，規則你訂的，交通部訂的不算數？你這路霸，請不要再管我！你這叫欺善怕惡！欺負女人！別的車子停在你家門口你都不敢說話，柿子專挑軟的吃！」我大聲跟他說。

說著說著，我越來越氣，忽然勇猛起來，拉開車門衝過去，指著他的鼻子說：「請你！不要！再——說——我！再——指——導——我！請你管好你自己就好！別以為手臂上刺了一條龍就可以出來嚇人！我屬虎，龍虎鬥，我跟你拚了！」像潑婦罵街一樣，我忽然失控了！罵完，我頭也不回走了！心裡感到無比的暢快。（請勿模仿！兒童尤其不宜！）經過這一宣洩，我這才知道為什麼有人會不顧形象地在大街上開罵！人的忍耐真的是有其限度啊！台北居，引人瘋狂。

可惡的導航系統

今天下午和外子、女兒相偕開車去板橋和平路買NESPRESSO專用義式濃縮咖啡，行前，先在導航器上輸入正確地址。

因為常去板橋新北市政府開會，於是，先前不假思索便往艋舺大道前行，走到快到中國時報大樓時，忽然強烈覺得對不起那個聲嘶力竭一直隨著我的行車路線高喊：「重新計算」的導航器。既然不聽她的，幹麼讓她一路白忙。於是，臨時決定乖乖追隨她的指示，隨即轉入萬大路。然後，便一步踏入萬劫不復。她指使我們走了落落長的路，忽焉上了三號公路；然後說還有六十三公里，嚇得我們三人差點兒摔出車外。

出門時，三點零五，系統上預告將於四點五十抵達目的地。天啊！怎會這樣！那樣的時間，足夠開去台中了！於是，趕緊從土城交流道下去，到達時四點零五，花了整整一個鐘頭。回家，不再使用導航，由和平路轉四川路縣民大道，上華翠大橋，走艋舺大道轉愛國東路回家，才花了二十三分鐘。

可惡的導航系統！她是怎樣？以戲弄人類為樂？還是報復先前我都不聽她的，讓她不停的「重新計算」，白忙一場！

不停在車後閃燈的司機

在台中清水國中演講過後，下午三點半，我們開車北上。

午後的一場驟雨，將台中的路樹刷洗得翠綠欲滴。一路上，我和外子討論著前天和兒女們在MOD上觀看的電影——阿莫多瓦的驚悚劇《切膚慾謀》。

說著、說著，感覺外子忽然有些心不在焉起來，頻頻望向他右前方的後照鏡。

「怎麼啦？」我問。

「可惡！時速已經達到極限的一一〇公里了，還不停在我後面閃燈，到底要我怎樣！」

我們的車子行走在中間車道，外側車道一輛接一輛，左側車道是快速道，這個貨車司機忒沒耐心。外側車道擠不進去，快速道大卡車不得行駛，他拚命向著外子閃燈，就是希望外子閃到快速道上，讓他長驅直入。

「別理他！我們按照規矩來，別超速被照相罰錢。」我決定力挺先生做個守法的公民。

想是燈光閃得外子失去理性了，不可思議的，我聽到外子忽然說：「真想在車後裝個飛

彈，將他掃射下去。」（外子原來的行業就是製作飛彈的）

我張口結舌，說不出話來。一向溫文，且常被我譏嘲過度禮讓的他，忽然脫下文明的外衣，露出野蠻的內裡來。我猜測，除了那位司機真的讓人緊張又討厭外，阿莫多瓦那部殘酷的電影也許正是禍首之一。

那輛貨車終於伺機閃進外側一個極其驚險的縫隙，左彎右拐地揚長而去。

——本文收錄於二〇一二年八月出版《為什麼你不問我為什麼》（九歌）

路途中

那年，朋友L恐嚇我：「大太陽的日子，沒戴太陽眼鏡，兩個眼球就像在鍋裡煎著的荷包蛋，一下子就會嚴重灼傷。」光想著那畫面，就不禁驚恐起來。（有好長一段時間吃荷包蛋時感覺就像正嚼著誰的眼珠子似的，真要命！）家人閒聊時無意中提起，兒子忽然孝順起來，堅持帶著我去選購了一副昂貴的名牌太陽眼鏡。（我所謂的昂貴是超過五千元，也許有人還認為便宜！）邊框又厚又大，幾乎把整張臉都包覆了。每回戴著，就感覺像是戴著安全帽似的。

那些年，每星期五，我都騎著摩托車從居住的杭州南路前去和平東路的國編館審查教科書。那天，我執意戴上新買的太陽眼鏡出發（不管陰天下雨都不改其志，我得展示兒子的孝心給全天下的人知道），幸好那天太陽公公很合作，有出來助陣。豈知我的小黑車子發不動，只好臨時改騎女兒的小紅。戴上太陽眼鏡的我，其實行動很不靈活，感覺天地變色，四面楚歌。到了國編館，我摸黑上樓，那些審查委員都是見過世面的，了然我的企圖，都如願說了些讓我很是開心的讚美，諸如：「你兒子好孝順哦！」「這副眼鏡真是太適合你的臉型了。」等等。

下午三點左右，我一反常態地愉快地哼著歌曲發動車子回家（平日審查完那些疙疙瘩瘩的課文，臉都氣得變成黑的。）依然戴上那副眼鏡。騎著、騎著，感覺有些不對勁，從影子看到後面彷彿有輛摩托車一直跟蹤著我，那人嘴裡還碎碎念的。莫非眼鏡真的發揮魅力！我一則以喜，一則以憂，這種年齡了！真是。（嘴角忍不住露出笑意）我故意一下子往左，一下子往右的試探。沒錯！他跟蹤我。

約莫跟了好幾百公尺吧，他終於忍不住超到前方，用機車攔截我。我嚇了一大跳，好傢伙！這麼猛！光天化日的，調戲良家婦女？定睛一看，是個年輕的警察。

「你幹麼不停下來！跟我捉迷藏啊？沒發現自己有什麼地方不對嗎？」

「沒啊！什麼地方不對嗎？」我反問他。

「你不必戴安全帽嗎？」

「安全帽？我沒戴安全帽？」我摸摸頭，天啊！我真的沒戴安全帽！我急了，把眼鏡摘下來，發現警察先生的臉一下子亮了起來！我把眼鏡往他面前一伸：「啊！我以為我戴了安全帽哪！你看！它太大了，感覺像安全帽，你要不要戴戴看！戴了你就知道。」

他說不必。「那你車子裡有安全帽嗎？」

「當然有！怎麼會沒有！」我將引擎熄火，用鑰匙開置物箱。可是，把插進鎖孔的鑰匙扭過來扭過去的，就是打不開，急得直冒汗。「怎麼那麼難開！奇怪。」我喃喃自語。警察起疑了！「是你的車嗎？怎麼會打不開自己的車。」

為了表明我是教育工作者，我不惜自報家門：「我是老師，平常很守法的。今天早上得去國編館審查國小課本，臨時發現車子壞了，只好改騎女兒的車子。」說到這兒，我忽然大吃一驚地叫起來：「哎呀！真糟糕！難道我早上一路騎到國編館，就都沒戴安全帽！」警察不禁笑了起來：「還敢說！罪加一等。」

終於開了！我高興地取出裡頭的帽子，獻寶似的拿給他看：「喏！你看，我沒騙你。」

他說：「給我看沒用，得戴起來。……給我你的駕照。」

駕照？我愣了一下，誰會在騎摩托車時帶駕照！

明晃晃的陽光下，我站在愛國東路的馬路上，這下子太陽真的像煎鍋一樣發燙。我一籌莫展，直抱怨：「都是兒子害的，買了個安全帽似的太陽眼鏡，害我犯了法，我真的只是一時糊塗，……要嘸……」我靈機一動，跟他商量：「我家就在這附近，可不可以請你跟我回家看駕照，我真的有駕照的。」年輕的警察露出無奈的表情，拿出電話，不知打給誰，查了車號，並求證我車主名字。

幸而我沒忘記女兒的名字，託天之幸！

——本文收錄於二〇一三年八月出版《在碧綠的夏色裡》（九歌）

屬於我的紅綠燈亮了

眼睛又癢又澀，實在受不了。午後，到第二公保大樓去看眼科醫生。正坐在候診區等待時，一位皮膚略黑的女子匆匆過來，朝著我猶豫著欲言又止。我朝她微笑，於是，她指著掩閉著的診間大門，開口問：「是眼睛的地方嗎？」我回說：「是。」她於是放心地就著我的身旁坐了下來。

聽音辨人，我知道她應該是來台灣工作的東南亞地區人，跟她寒暄了幾句，獲知她是從印尼來的。我告訴她：「以後你可以說：『是看眼睛的地方嗎？』」她靦腆地笑起來，眼睛都笑彎了，這時，屬於我的號次紅燈也跟著亮了起來。

出了醫院，沿著信義路的七號公園旁行人道散步回家。天，下著微雨，我撐傘慢悠悠地享受著難得的閒情。就在信義新生路口的人行道上，忽然一輛腳踏車從新生南路的方向猛然竄出來，速度之快，簡直讓人難以置信，車主的衣角就從我的鼻尖拂過，差半秒就迎頭撞上。

我被嚇得！抬眼看去，腳踏車已經在路中央跟另一輛機車撞個正著，兩位車主一起跌坐地上。那位騎著飛快腳踏車的女子，一身勁裝，真是神勇無比。我以為，依那速度，只是破皮小傷算是她的祖宗「有保庇」。可是，我真的太生氣了！那女子從地上起身活動手腳時，我忍不住欺上前去訓斥她：「你是怎樣！人行道當是賽車場嗎？騎這樣快！差點撞到我就算了；也不看燈號，紅燈了，你也不停下！你找死沒關係，你要害別人吃官司嗎！」那位被撞的機車騎士看我開罵，倒不好意思了！問她：「有沒有受傷？」也不知道為何我忽然像得了失心瘋般插嘴：「她受傷了活該啦！沒死算她幸運。」女子低頭不發一語，我為自己失去理性的狠話嚇了一跳，剛好屬於我行走方向的綠燈亮了，趕緊逃之夭夭。

我警覺，也許我也病得不輕了。

——本文收錄於二〇一三年八月出版《在碧綠的夏色裡》（九歌）

輯一 出門尋日月

不同的旅程

大埔到嘉義市，大約兩個鐘頭的車程，中間有一座不大不小的山。車子一開始就在彎彎曲曲的山路間蜿蜒。司機的技術顯然是一流的，剛經過颱風的肆虐，山路到處坍方，他卻極其嫻熟地操縱著，看他開車，簡直是種享受，像是正進行著一場遊戲，一個老頑童帶著一群逃學的學生去郊外踏青似的。看他談笑風生、左閃右避，車上的人都忍不住笑開了臉。

司機的打扮，卻真是讓人不敢恭維。五十多歲，身著香港衫，趿著拖鞋，滿頭亂髮，滿口檳榔汁。車子裡更是一片髒亂，司機座位旁放了一個鐵盒子，凌亂地放著一包檳榔、一包香菸、一把零錢，及一些不知道是回收的票子還是尚未賣出的，車廂四處都是菸蒂、吃光的「乖乖」紙袋、鋁箔包空盒子。司機和山間的乘客似乎都很熟。半途上來一個約五十餘歲的鄉下老太太，頭戴斗笠，一張歷盡風霜的臉。一上來，一屁股坐在引擎蓋上，一邊和他寒暄，一邊順手拿了顆鐵盒裡的檳榔吃將起來。嘴裡咔嗞咔嗞地嚼著，一邊自己動手給錢取票、找錢，完全採自助式。

接著，上來一位二十多歲的年輕太太，揹了一個，還拖著三個小孩，司機含笑問：

「怎麼？少一個。」

少婦靦腆地回說：

「他自己騎摩托車啦！」

緊接著，又上來一個中學生模樣的女孩兒。剛上了車，便開始動手幫忙整理散亂的東西，順便幫剛才的少婦剪票，也給自己買了一張，司機也不言謝，只說：

「你阿嬤好嗎？怎麼這久沒來坐車？」

「還好啦！只是風濕又犯了，老毛病。」

「那你今天去哪裡？」

「去嘉義買書。」

「自己一個人去啊！」

「我和同學約好了！……啊！糟糕，我沒帶零錢，待會兒怎麼給他打電話。……」

司機閒閒地說：

「車子上滿地都是零錢，自己撿幾個去吧！」

女孩兒當真老實不客氣地從地上隨手撿了三枚銅板，揣進口袋裡。

一會兒，車外追來了一部兩人共騎的摩托車，和汽車並行著，頂著風，和司機大聲聊著。聊著、聊著，摩托車後座的男士說：

「乾脆坐你的車好了！」

車子停，後座的人上來，摩托車飛快馳去。

行經一片竹林，遠遠地看見一個農夫穿著背心，流著汗在路邊兒砍竹子，司機突然停了車，開始和老人聊起來：

「怎麼樣？後來。」

「夭壽！昨天來檢查過了。」

「哈哈！你就是無膽，驚啥物！」

車上的乘客都豎起耳朵，興味十足地聽著。沒頭沒尾，大概是繼續著昨天的話題，沒人明白他們說些什麼。

最後，上來一位老先生，拿著百元大鈔買票。司機看了一眼丟在盒子裡的大鈔，理直氣壯地說：

「沒零錢找，下回坐車，再找給你。」

那人居然也沒有二話地走到車後的座位去了。

到了市區，乘客逐一用著各自的方式友善而熱情地和司機道別。我一直坐到終站，下車時，忍不住和他聊了幾句：

「你人緣真好！好像所有乘客都認得？」

司機笑得好開心，豪氣干雲地說：

「都熟！都熟！開好久地車子了嘛！我喜歡交朋友！……咦！倒是你，沒見過，不認得。」

我學著他的口氣，也豪放地笑說：

「現在不也認識了？坐你的車子真開心，真的。下回再來坐你的車。」

在呵呵的笑聲中，我們揮手道別，各自走向不同的人生旅程。

——本文收錄於一九八七年七月出版《今生緣會》（圓神）

再等一下下

娃娃車在巷子口停下來時，我正從小店買了報紙出來。四、五個無精打采的小孩兒在家長的催促下，睜著惺忪的睡眼、慢吞吞地朝車子踱過去。車門開了，跳下來一位紮著辮子、笑容可掬的年輕女教師，活力充沛地和魚貫上車的小朋友打著招呼：

「小朋友早！怎麼翹著嘴？小萱！跟誰生氣啊？……婷婷今天穿得好漂亮啊！于棟不要推，明廷快！上車囉！」

一邊說著，一邊還拉長了脖子，往車裡喊：

「先上車的，先坐到最裡頭去。乖！聽話哦！不要吵架。最乖的，老師等會兒有獎品。」

最後一位小朋友也上車了。她俐落地跳上車，清點了人頭；又跳下來，四下張望著。嘴裡直嘟囔著：

「小茹！……小茹呢？我的姑奶奶！又是小茹。……」

說著，朝司機伯伯打了個手勢，急慌慌小跑步進巷子裡。剛上車的小孩兒很快地感染了車上小娃兒推推打打喊喊吱吱喳喳的活潑氣氛，一反方才病懨懨的樣子，也開始展示起激烈的肢體語言。司機伯伯對一車子的猴樣兒視若無睹，兀自伸長了脖子往巷底望。在小店喝豆漿的家長們開始議論紛紛：

「每天都是小茹，這個王太太到底搞什麼名堂。」

「對呀！每天讓娃娃車等她一個人。」

「有時候老師還得上樓去幫小茹穿衣服耶，真過分。」

一位太太掩著嘴，吃吃地笑著調侃：

「王太太大概每天晚上都太辛苦了，起不來吧！」

「要死了你！缺德。」

約莫等了有五分鐘之久，司機開始不耐煩地撳喇叭。我也著急地往巷底望去。女老師正邊走邊手忙腳亂地幫小茹穿圍兜兜，王太太則一旁侍候著小茹吃包子，小茹塞滿了一嘴的東西，三人各有所司地走出來。司機重新坐正了身子，蓄勢待發。三人走出巷口，眾人正都鬆了口氣時，王太太忽然朝老師說：

「對不起，再等一下下，好嗎？」

然後，拉著孩子的手，走進小店，對著滿架的糖果，從容不迫地說：

「好了，自己挑！看要哪一種口香糖，趕快，人家娃娃車在等了，只許選一種。」包括老師、司機、鄰居在內的眾人，對王太太這般的臨危不亂，都目瞪口呆。孩子猶豫著，拿拿這個、摸摸那個，好一會兒，終於選定了一種，王太太拿起來看了看，又丟回架上說：

「這種不行，這種色素太多，吃了拉肚子。換一種！」

眾人的眼光全都集中在她母女二人身上，焦急之情布滿了每個人的臉上，相較於王太太的篤定，倒顯出眾人的涵養不足。二人還在挑挑選選，車上的小孩已然亂成一團。司機的臉色愈來愈難看，突然聽得他暴喝一聲：

「張老師！先上車。」

張老師被這樣的聲色俱厲所懾，身不由己地跳上車。司機臭著臉，上排檔，車子飛快往前衝出。王太太拉著孩子從小店追出時，車子早駛出了約一百公尺遠。只聽得王太太氣急敗壞地嚷著：

「喂！幹麼呀！怎麼就開走了呢？不是教他等一下的嗎？哪有這樣的人，太差勁了。這是什麼服務態度！我們是繳了車費的耶！」

愈說愈生氣，回頭看見小茹愣愣的樣子，一巴掌就劈過去，說：

「都是你，拖拖拉拉，好了！這下子可好啦！你自己走路去！還哭！還哭！……」

眾人都小心翼翼地收拾起臉上幸災樂禍的表情。小茹哭得震天價響，王太太發現自己成為眾人注目的焦點後，悻悻然地再次強調：

「只不過等一下下嘛！真是！服務太差了！我們又不是沒繳錢！這種態度？看我等會兒不去告訴他們園長！欺人太甚嘛！……」

——本文收錄於一九八九年七月出版《紫陌紅塵》（圓神）

落車

火車剛停，下車的旅客還沒全下光，上車的人便急慌慌地往上擠。

一位年約六十多歲的老先生，提著行李跟在一位三十左右、抱著嬰兒的少婦後頭走進車廂。少婦找到座位坐下，老人吃力地把行李放上行李架。火車「嘟」的一聲尖叫起來。少婦趕緊挪出一隻手慌忙推著老人說：

「爸！你較緊落車啦！車欲開啊！緊啦！」

老先生看來也是慌了手腳，來不及回頭，趕緊排開眾人，衝出車廂。才看見他的身影沒在車廂那頭，火車已然徐徐開動。婦人緊張地遙遙對著掩下的車門忘形地大喊：

「爸！你落車未？」

車子裡的人，不管已落座的，還是正整理行李的，全不約而同地拉長了脖子，緊張地往窗外的月台上看。沒有？難道沒下車？

一會兒，老人再度進車廂，垂著頭，怪難為情的，像做錯什麼事似的。身後跟著一位大概是列車長之類的人。婦人看見老人，氣急敗壞地驚叫：

「爸！」

列車長把手向婦人一伸：

「三十塊，補票。」

婦人無限怨懟地對著他爸說：

「爸！你怎會無落車？」

老人低著頭，現行犯，一副慚愧欲死的樣子。列車長似責備、似揶揄地對婦人說：

「你是想省三十塊，予你老爸去病院打石膏，是嚒？」

——本文收錄於一九九一年二月出版《記在心上的事》（圓神）

小孩與車票

婦人上車時，我正閉目凝神。只聽得一個氣急敗壞的聲音四下指揮著孩子落座：

「國豪坐這兒，你坐那邊，小鈞坐好……叫你坐那兒就坐那兒，不要動。」

我感覺到身邊似乎有個人遲疑著，坐下又站起。我睜開眼，看到一個約莫十歲模樣的女孩兒正怯怯地望向走道另一邊座位上的婦人。婦人把背上的嬰兒卸下後，先探身看了看前座另一位八、九歲左右的男孩，再回過頭，瞥見我隔鄰這位小孩憂心地半坐半起，罩頭一巴掌打下來，怒斥：

「叫你坐下就坐下！怕什麼！人家會吃掉你呀！」

我很敏感地對號入座，直認為她說的「人家」便是指我，於是，換上藹然的笑容附和著：

「是呀！別怕！坐下吧！」

女孩兒終於坐下。婦人似乎並不領情，招呼沒打一聲，兀自手忙腳亂地放著行李，整理衣裙，並不時大聲喝斥身旁的兩名小娃兒。

快到苗栗站了。婦人突然不放心地探頭過來，叮嚀孩子：

「待會兒有人來查票時，你不要看我這邊，知道嗎？」

小孩子又開始緊張起來。查票員出現在車廂中時，女孩兒幾度起身想要離座，都被女人壓低的嚴厲聲音喝止。

查票員終於來到。我遞過車票，再取回。查票員看看女孩兒，再朝我說：

「這個小孩子要買票哦！」

我知道他弄錯了，正要告訴他。女孩兒囁嚅地朝女人說：

「媽！……」

女人恨恨地白了她一眼，朝查票員笑著說：

「要嗎？這麼小的小孩要買票嗎？我們以前坐都不用買票的哩。」

查票員反應靈敏地接口：

「多久以前？如果是三年前大概是不用買的啦！」

說完，轉過臉問女孩兒：

「小妹妹今年幾年級？」

女孩兒怯怯地說：

「三年級。」

「三年級了，當然要買票，上一年級就開始要買了。」

女人正邊嘀咕著，邊不情願地在口袋裡掏錢。坐在前座，已然安全通過檢查的男孩兒突然轉過身子，抬起頭，天真地插嘴：

「那我也要買票囉，我已經上二年級了耶。」

坐在附近的乘客一聽，不覺全笑開了。女人恨恨地用手指戳男孩兒的前額說：

「閉上你的嘴！」

男孩兒用手撫著前額，猶自不服氣地嘟著嘴：

「人家本來就已經二年級了嘛！奇怪哦！」

這回，連嚴肅的查票員也忍俊不住了，倒過來勸他：

「好了！別再說了，你媽生氣了，下次！下次再買好了。」

——本文收錄於一九九一年二月出版《記在心上的事》（圓神）

出門尋日月

幾次到日月潭，都偏巧下著細細的雨。因此，印象裡的日月潭，一直像張用色淺淡的水彩畫，煙雨迷濛。

首次到日月潭是在十五年前的蜜月旅行。我們從婚禮、歸寧等一連串喧囂的筵席中脫身出來，搭乘公路局班車直奔日月潭，正慶幸總算擺脫人群，可以享受幾天的清靜。哪知，甫下車，就被蜂擁而上的計程車司機和旅館招徠人員所包圍。我們且戰且逃，最後仍拗不過一位精幹男子的追逐糾纏而不得已上了他的車子。這位男子除了一副橡皮糖似的黏纏工夫外，尚有著舌粲蓮花的本事。他一眼就看出我們是新婚夫婦。由車站至旅館的短短路程中，他展現了中國語言的無限魅力，一面奉承我們選擇日月潭做蜜月旅行的聰明睿智；一面鼓吹我們次日應環湖觀賞如詩如畫的山光水色。言下之意，彷彿不到日月潭便要錯失人間仙境，而至日月潭居然不租車遊湖，那就更要遺恨終生；更有甚者，遊湖而不租他的車子，根本就是愚不可及的行為。這般奇異的邏輯推論，引得我們不禁哈哈大笑起來。

十二月天，異乎尋常的冷。我從霧氣滿布的車窗抹出一角往外望，除了沉默倒退的行道樹外，幾乎看不到什麼人。凜冽的北風加上飄灑著的細雨，這種季節到日月潭來，實在算不得明智之舉。何況，從開始籌備到圓滿結束，一場婚禮下來，幾乎是歷盡滄桑般的疲累，最迫切渴求的，哪裡是山水的潤澤！乃是徹底地平躺下來休息。然而，那位男子的口才實在是無懈可擊的精準。裡頭充滿了人生的閱歷，《文心雕龍》也不及的修辭。他抓緊了一般新婚夫妻關係中靦腆、矜持，外加幾分矯揉的心理特質，凌厲且潑辣地出招拆招，在我們所有謝絕的理由悉數被各個擊破後，我們只能不置可否地和他虛與委蛇一番，以求全身而退。他則緊咬不放，在旅館前臨下車之際，猶叮嚀再三：

「明天早上，我到這兒來等你們。」

我們既未曾有過應允，自然亦不拿他此話當真。第二天早上，日上三竿，方才懶懶起身。窗外，依然綿綿細雨。我們伏案聽了半日雨聲，方才整裝下樓。才出得大門，一部豔紅計程車驀地竄上前來，車停處，一朵烏雲般的黑傘，盈盈自車內撐出，烏雲下是一朵光燦的笑容。他齜著一口白牙，道：

「你們台北人實在睏到有夠晚。我從七點等到現在。」

羅網已張，怕是插翅難飛，我們只有乖乖束手就縛。車資三百五十元，據他說是頂犧牲的價格。因值旅遊淡季，否則，這般價碼，只怕全家得活活餓死。

其後的種種，完全在他掌握之中。

車子開開停停，他的旅遊介紹似乎從未停歇，從名勝如玄奘寺、孔雀園的建造到各項民間傳說，甚至樹木、花朵、雲彩……的美學詮釋。他的興致似是比我們還濃，不時地強迫我們離開座椅，撐傘出去走走。有幾度因風雨較大，我覺得在車內靜觀即可，他卻不依，義正辭嚴地訓誡我們：

「少年郎！不行這麼懶惰，錢不能白花，花錢租車，就應該好好看看，才值回票價。像你們這麼懶，乾脆躺在家裡就好了，出來幹什麼！白花錢嘛！」

一番合情合理的話，說得我們既慚且愧，只好敬謹遵命，依令行事，半點不敢苟且。

除了是個嚴格的導遊外，他還是個一絲不苟的攝影者。一開始，他便衝著揹著照相機的外子權威地說：

「新婚最忌獨照，你照我，我照你，不吉利。這樣吧，照相機我幫你們揹，乾脆我幫你們照，包君滿意。」

照相機淪落到他手裡，更加半點不由人。他對照相條件的講求和專業攝影家相較亦毫不遜色。陰濕的天氣既是無法改變的事實，算是勉強湊合，其他可資挑剔的尚多：太複雜的背景不取；太單調的景致不用；和衣服顏色太接近的花朵揚棄；當事人的姿態不對也不行。有時比畫了大半天，嘴巴都笑僵了，他突然放下相機說：

「這裡算了，怎麼取景都不對，換個地方吧！」

區區三十六張照片照下來，堪稱七葷八素，不辨東西。當我們歷劫歸來，再度站到涵碧樓門口時，簡直是大大地鬆了一口氣。那位男子臨去之際，又從車窗內伸出頭，高興地問：

「你們還要住幾天？我明天再來等你們，你們早一點起來嘛！」

我們齊齊地嚇了一大跳，飛奔進旅館中，身手俐落地整理原本準備逗留三天的行裝，倉卒連夜潛逃。

多年後，我們曾幾度自行開車前往，每到一處，總會刻意留心周遭，深盼能再度捕捉到那一抹熟悉的身影，可惜只是徒留惆悵。那位萍水相逢的朋友，遂逐漸在我們記憶深處形成敬業的表徵。尤其在計程車服務品質日益敗壞的今日，每當我被拒載短程的司機遺棄在多雨的台北街頭，那位曾因服務過度周到而驚嚇到我們的計程車司機就格外令人懷念。

日月潭的湖光山色沒有在我腦海中留下任何難忘的印象，我是還沒有見識到日月潭的日月，先就領受了它的人情。

——本文收錄於一九九四年一月出版《不信溫柔喚不回》（九歌）

在台北街頭遇見王維

冬日的黃昏，我們在台北街頭遇見王維！

不記得為了什麼事，在一個堵車的黃昏，我們坐上了一部計程車，往世貿的方向行進。滿臉笑容的司機，給因交通打結而略顯煩躁的我們消除了些許的鬱卒。坐在後座的我，不經意間，瞥見了司機的名字，不由得笑起來，朝同行的家人說：

「王維！哇！我們坐上了詩人的車子了！運氣真好！看起來還是個快樂的詩人哪！」

全神貫注開車的司機，被我招得呵呵笑。我忍不住問他：

「名字是誰取的？爸爸嗎？你的其他兄弟姊妹也都是取詩人的名字嗎？」

對我一口氣提出的幾個問題，他好整以暇地回說：

「阮爸號（取）的啦！其實，阮兄弟的名攏是三字，莫知安怎，阮老爸去報戶口時，搞來搞去，把其中一個字給搞丟了！就變作安捏！」

司機是個十分健談的人，見到我們全家人都對他的名字顯示出高度的興趣，不自覺跟著興奮起來。他湊趣地以國台語雙聲帶告訴我們：

「我雖然冊讀沒多少，但是，也知王維是一個重要的詩人。人家王維讀萬卷書，我不愛讀冊，嘛立志不當輸乎王維，想要行萬里路，世界各地給伊行透透。每年，阮都想辦法出去行行勒。今年本來準備帶阮老爸去琉球，只需萬把塊，可惜，阮老爸今年身體無爽快，出去玩也沒心情，只好作罷！明年，阮打算去美東一趟。」

我好奇地問他：

「名字這麼特別，會不會不方便？跟詩人同名，會不會有壓力？」

他偏著頭想了一下，回說：

「不方便？……應該是無啦！但是，自細漢開始，『王維』這個名字，有影給我很大的壓力。號這個名，就不能變歹，很多人在看。我的高中同學，這陣已經做了大學者、大生理人，暑假開同學會，大家攏未記了，但是，大家攏嘛指名要見我王維，實在歹勢！」

車子在信義路上走走停停，王維不像一些計程車司機般，一遇到塞車，就心浮氣躁，或臧否時事，或激憤地批評台北的交通。他顯然心情不錯，心平氣和地和我們推心置腹起來：

「名號做王維，總不能不知王維是啥款人！所以，我就去國家圖書館去找王維的資料。才知伊晚年和蘇東坡共款，老運攏無好！聽講去做和尚。我立志學少年時的王維，風風光光，不要和王維老年時一樣去出家。」

於是，他和我們大談他的生涯規畫，包括如何鼓勵原本學歷就比他高的太太再進修，以及如何為不太愛念書的孩子未雨綢繆地選擇學校，他說：

「太太在醫院做藥劑師，社會真現實，無學歷，升級就比較困難。我開計程車，好加在無這一套，所以，多擔待些，鼓勵太太去進修。我不像有些先生驚太太比伊學歷卡高，給伊比下去。太太心情好，先生的心情也才會開！你講！對否？

「阮已經想好安怎栽培囝仔，攏給伊設計好了。囝仔不太喜歡讀冊，參加聯考一定很辛苦，所以，我打算乎伊去讀員林一間叫三育基督書院的。我們的教育部雖然不承認，但是，國外的學校承認。在那裡念完高中，再出去念國外大學。我不是隨便講講而已，這關係到囝仔的前程，不能掉以輕心，我已經去要了簡章，明年打算先帶兒子去看看。做大人的，也不能太專制，囝仔也要給伊尊重一下，對否？」

我打從心底佩服他的達觀與開朗，誇讚了他幾句，他不好意思地回說：

「講一下給大家笑虧的啦！但是，也是真的！我每天攏安捏歡喜，也不知歡喜啥米！歹勢！歹勢！」

話沒說完，車子已然到了目的地。夜色掩映下的台北街頭，顯得有些灰敗，然而，當我們踏出計程車時，卻覺得心情和王維一般，莫名其妙的不知歡喜些什麼！或者是因為我們從今之「生活詩人」王維身上，看到了台北的希望！

那個冬日的黃昏，我們在台北街頭遇見王維！並且和他談天說地。也許，哪一天，我們還會在街頭陸續遇見李白、杜甫、李商隱、蘇東坡……！或者竟真的可以在麗水街小巷內的圍籬邊兒看見采菊的陶淵明亦未可知！

——本文收錄於二〇〇〇年八月出版《讓我說個故事給你聽》（九歌）

人不如狗

公車上，兩個女人起勁地聊天，幾乎忘了旁人的存在。寥寥落落散坐各角落的乘客，看起來也開始對他們的話題產生了興趣，這由大夥兒在他們進行有趣的對話時不約而同揚起嘴角可猜測出來。

由家裡的成員一直談到關鍵性的經濟狀況，話題越來越有吸引力。我懷疑在強烈偷窺慾的宰制下，有人業已到站，卻沒有下車。因為，自從越來越私密性的談話展開後，居然就沒人拉下車鈴，車子一路直奔目的地，耳朵豎起來的乘客聽到這樣的聲音：

「你老公一個月賺多少錢？」

「大概三萬多吧！」

「三萬多夠用嗎？我和我老公一個月合起來有六萬多，都還要省吃儉用呢！」

「省省的用還可以啦。你們六萬多怎麼會不夠？」

「你聽我算給你看，每個月我們要寄給我婆婆八千元，瑪莉每月要用掉我們大約一萬五千元左右，孩子學鋼琴四千，安親班又花掉……你們每個月要給婆婆錢嗎？其實我婆婆自己又不是沒錢，就我先生堅持，我小叔就沒拿，也沒怎樣！我先生就是笨，呆子一樣。每月八千，一年就差不多十萬。十萬不少哎！上回我看上一件外衣才不到三萬元，死不肯給我買。給他媽媽就很乾脆哪！好氣人！」

「你們還請佣人啊？」

「那有！」

「那瑪莉是誰？」

「瑪莉是我們養的一隻狗啦！你不知道牠有多可愛呢！」

「養一條狗，一個月要花一萬五千元啊？嚇死人！」

「狗狗要美容，要定期看醫生，還有狗狗的飼料也很貴呢！」

「哇！養狗比養人還貴呀？你婆婆才花八千，瑪莉要用一萬多元？」

「本來就是啊！我們家的瑪莉還挑食得要命，只要稍稍隨便吃一點有油的食物，馬上拉肚子，嬌貴得很。而我婆婆那個人啊！就是想不開，有錢也不會用，在家淨吃隔夜的飯菜。

東西壞了，也捨不得倒掉。每個月其實用不了幾個錢的。」

話題一轉到婆婆身上，就顯得海闊天空。女人顯然對她的婆婆極度不滿意，開始肆無忌憚地噘起嘴批評她的落伍、保守，簡直一無是處。相對於這個可憐的婆婆，女人在談起那隻名叫瑪莉的小狗時，可就神采煥發多了。臉上的表情又愛又憐，不知者，準會以為說的是她的情人哪！

車中的乘客想是對這「人不如狗」的談話，都深有感慨，臉上帶著不以為然的表情，把眼光轉移到車外去。車子在一個亮起紅燈的十字路口停下，對面的街道上，正好也有一位穿著光鮮的婦人牽著一條狗走過。紅燈一亮，小狗便就地蹲停了下來。這位婦人無視於紅燈，硬扯小狗前行。小狗不依，和主人拉鋸般拚命掙扎著。一隻守交通規則的狗和一位沒公德心的人就在光亮亮的路口，呈現他們各自的品格，算是另一種的「人不如狗」。

綠燈亮了！狗兒驀地改變往後退的姿勢，搖著尾巴，往前衝去，婦人猝不及防，被小狗拉著，差點兒跌了一跤。公車司機看得哈哈大笑，說：

「你們看！小狗會看紅綠燈。」

那位養了一隻名叫瑪莉的狗兒的太太，一聽之下，馬上引司機為知己，用充滿愛憐的語氣說：

「本來就是啊！你不知道我們家瑪莉有多聰明，不但會看紅綠燈，還會察言觀色。我心情不好的時候，牠就會乖乖躲起來，不來煩我；比我們家那幾個兔崽子好太多了。有時候看我無聊，還會過來舔我的臉，跟我撒嬌，我先生和兒子要有牠那麼體貼就好囉！依我看呢，真是『人不如狗』啊！你說！是不是？」

司機面無表情地繼續他的行程，那位太太見他沒答腔，並不灰心，回過頭，仍舊興高采烈地和她的夥伴談著：

「你不知道我們家的瑪莉有多可愛，那天……」

——本文收錄於二〇〇〇年八月出版《讓我說個故事給你聽》（九歌）

愛抬槓的司機

到了蘇州，少不得要參觀聞名的園林，一位當地崑曲博物館的館長殷勤地來接待我們。上了計程車，司機問明了地點，旋即開始表達他的不滿：

「為什麼去留園？為什麼不去拙政園？」

「聽說留園比較有意思。」同行的黛嫚說。

「留園不好玩！拙政園比較好玩！」

「他是內行人，我們聽他的。」黛嫚指著館長回答。

司機斬釘截鐵地勸說著我們，建議我們去留園的館長因之顯得尷尬，基於必須收拾局面，館長於是有些不開心地說：

「恕我不客氣地說一句吧！他們是文人，欣賞的文化水平跟你們是不大一樣的，你們覺得好玩的，他們不一定會喜歡。……」

這話說得是有些傷人，大大引起我們的不安。同行的席慕蓉大姊急急打圓場：

「啊！不能這麼說，沒這回事……一樣的。」

司機顯然被嚴重冒犯了！聽不下席大姊的開解，即刻展開大反撲。他陰陰地冷笑，語氣裡滿滿的挑釁味兒：

「好！既然您是內行人，又喜歡留園，那麼，我請教您，留園是怎麼命名的？」

館長微笑著，慢條斯理地回答：

「你說呢？……你知道嗎？」

司機漲紅了臉，不肯回答，像小孩子一樣堅持：

「是我先問你的！為什麼我要先回答！要是您知道的話，就該您說……」

眼看場面十分尷尬，席大姊趕緊轉移注意力，指著車子外頭問：

「那邊那一大片是什麼花呀？好漂亮。……」

館長回說「木芙蓉」，一語未了，司機還不肯罷休，緊咬著館長，又提出第二個問題：

「好！既然您不說，那我再問您一個問題，您可知道留園共有幾個園嗎？」

館長依舊不肯回答。司機氣急敗壞的，顧不得混亂的交通，乾脆攤牌，邊開車、邊摸索著，不知從什麼地方摸出一本明信片大小的本子來，驕傲地展示：

「要不說您是內行人哪，我還不想拿出來，這是什麼！是導遊證哪！我可是受過訓練的，是有證件的正牌導遊啊！」

館長聽說後，也不甘示弱！即刻還以顏色，問道：

「既然你受過訓，那我倒也有幾個問題請教……」

他也隨即提出問題來反問，兩人在熱鬧的街道上過招，刀劍火砲全端出來，打得漫天煙硝味兒！那態勢，是非置對方於死地不可的。

窗外一張大招牌進入眼簾，該換我略盡棉薄之力了！我故意大聲說：

「你們看！是個導遊學校哪！」

席大姊機警地接過話題，企圖轉移焦點，問：

「你們導遊需要接受多久的訓練呀？」

司機草草解釋他們的導遊證是出自導遊局，而不是這間導遊學校後，猶不肯遠離戰場，執意回到漫天的烽火中，繼續和館長纏鬥不休。戰鬥力之強，堪稱前所未見。

館長想是有著豐富戰鬥經驗的，自然不是省油的燈。他意態從容，臨下車前，閒閒地撂下一句話：

「就讓我告訴你吧！你們受訓用的課本是我的學生編的，……教你們的老師也是我教出來的。……唉！淨教出你們這些一知半解的導遊，傷腦筋哪！」

館長莊重地下了車，守候在留園門口的官員一個箭步衝過來迎接。司機目瞪口呆，看起來一副內傷累累的模樣。我注意到他坐在車內調息良久，才忿忿然離開。

——本文收錄於二〇〇三年九月出版《不關風與月》（九歌）

病人在哪裡？

學生到台大醫院住院開刀，二十多天後，我自告奮勇，開車前去接她出院。

因為知道門口出入的病患及探視的親友特多，車子在醫院前逗留太久，勢必妨礙到交通的順暢。於是，和學生先行溝通，等她把出院手續辦好、行李整理完畢後，要下樓前，以電話通知，我再開車前去，免得影響車流。

依約到了台大門口，居然不見學生蹤影，會不會在我視線範圍外的某個角落等待？我急急以大哥大聯繫。忽然，一位警察逼近車窗前。大哥大沒接通，我打開窗子正待和他解釋，那位滿臉橫肉的警察不由分說，凶巴巴地朝我問：

「你幹麼？」

以前威權時代的遺毒在我身上明顯呈現，只要一看到警察，就害怕地反省自己。所以，立刻謙卑且小心翼翼地陪笑著回答：

「對不起！我來接病人。病人說馬上……」

話還沒說完，他凶悍地打斷，說：

「病人在哪裡？」

「病人在醫院裡，說是就出來了，不曉得……」

「病人在哪裡？」他好像沒聽懂我的話，再次問。

「病人在裡面，不知道什麼原因……」

我不疑有他，繼續想把過程說清楚。他不理！完全不理！節節進逼，不停重複「病人在哪裡？」因為態度粗暴，語氣凶狠，我這才聽出他的弦外之音。於是，我反問他：

「你是什麼意思？你是懷疑根本沒有病人？我不是來接病人，而是來這兒觀光的嗎？」

他依然不理，繼續來勢洶洶地問：

「病人在哪裡？」

雖然氣得半死！不過，我還是決定跟他好好說理：

「可不可以請你不要這麼凶！有話好好說。病人當然是在醫院裡，難道她會跑去逛大街？或是到你家裡？」

這位警察可真不是普通的人物，或者他所認識的辭彙實在真的太少，仍舊定定地看著我，執著地說：

「病人在哪裡？」

憑良心說，那一刻，若是身強體壯，我真想狠狠地賞他一巴掌。然而，我到底還沒忘記「以卵擊石」這句成語，只是氣憤地說：

「你到底是什麼意思！到底要幹麼？」

「車子這麼多，你沒看見嗎？停在這裡！」

他總算說了句人話，但是態度真的很惡劣，拿我當通緝犯看待，像個無賴。這是什麼時代！他以為他是誰！是可以隨便掏槍便槍斃人的警察嗎？我氣得失去理性，罵他：

「你是流氓？還是警察？你就不能好好說話嗎？你的意思就是這裡不能久停嘛，對不對？好好講不行嗎？幹麼這麼粗暴！你是人民的保母欸！這樣對待善良的老百姓！不要以為你凶，我就怕你！我一定要檢舉你……」

我上上下下打量他，希望從他身上的配備，找出蛛絲馬跡，譬如名牌或是繡在制服上的名字，卻什麼都看不到。只不小心瞄到他腰間彷彿佩帶著一把手槍，心裡不免有些毛毛的。他卻依然故我，又重複凶狠地說：

「說呀！病人在哪裡？」

「你去死啦！神經病。」

我一定是氣瘋了！粗話竟脫口而出。說完，自己都嚇了一跳，不過，還是保持鎮靜，搖上車窗，再將車子徐徐開走。說實話，可能平時太過壓抑，偶爾罵了句粗話，心情還真是舒暢無比！這時，電話響起。學生氣息微弱地說：

「對不起！老師。從台東來接我出院的爸爸，因為連續工作十六小時沒休息，又搭飛機，頭暈，在電梯內暈倒，無法動彈。您能再等我們一下嗎？」

「沒關係！慢慢來。我在台大周邊多繞幾圈，門口不能停車。你們出來若沒看到我，就請稍稍等一下。」

我邊說邊往後照鏡瞄去，那位可惡的警察猶然直直瞪視著我的車子，手彷彿在腰間反覆游移。我趕緊加快油門，衝出他的「視」力範圍。

別笑我窩囊！我只是識時務的俊傑。

——本文收錄於二〇〇六年一月出版《公主老花眼》（九歌）

萬一飛機失事

清晨的候機室裡，旅客百無聊賴，許多都像還沒睡夠，惺忪著雙眼，懶洋洋地打著呵欠。

一列長椅上，四位女士排排坐。其中一位身著黃色套裝的女子，首先取出手機，緊張地對家人做搭機前的最後叮嚀：

「我們居然搭的是華信航空！華信就是上回玻璃窗被外物砸毀的那個華信公司啊！太恐怖了！我怎麼都沒注意到！……我剛剛在機場又向國泰人壽加保了五百萬的旅遊平安險，萬一發生飛安事故，你可要記住去要求理賠，我怕他們不會主動告知，特別打這通電話。知道了吧？要記住哦！國泰人壽。」

女人剛講完電話，坐在她身邊、打扮時髦的太太，也開始坐立不安起來。她靠過身子，向放下電話的女子借手機，隨即聽到她用神祕的語調朝電話裡的人說：

「女兒啊！我告訴你，客廳電視機旁磁盤裡的那枚戒指，可是值錢的鑽石。我故意隨便放，你不要以為不值錢，亂丟。萬一發生什麼事，戒指你可要收好，少說值七、八十萬的……要記得別讓你阿嬤知道。」

交代保管好戒指的女人，手機還沒關上，第三位著淺藍洋裝的女人也加入了打電話行列：

「國安啊！我是美君啦！我們還在候機室等飛機。有一件事忘了告訴你，我們那三張郵局定期存款單捲放在臥房五斗櫃右邊第三層的我那件紅色毛衣裡面；還有，我跟了隔壁王太太一個會，再三個月就結束了，我還沒標起來……沒有啦！哪有偷偷存私房錢！只是忘了告訴你而已。……不是啦！我怕萬一飛機失事，不要開玩笑啦！我跟你說正經的，你不要……」

像嚴重的傳染病似的，第四位同行的女子，也忍不住開始在手機裡交代遺言：

「媽媽嗎？是媽媽嗎？我是怡君啦。不好意思吵醒你！我今天去北海道，有件事要拜託你，我那個旅遊平安險，受益人寫的是安安，萬一飛機出了事，你得幫我留意一下，別讓俊平把理賠金拿去賭掉，要幫安安看好，……」

女子的聲音越來越高亢，這下子，所有打瞌睡或打呵欠的人全紛紛醒了過來。不到五秒鐘，帶著手機的，全開機說話；候機室裡的公共電話也迅即全部被占據。

——本文收錄於二〇〇六年一月出版《公主老花眼》（九歌）

飛機上

飛往紐約的班機，因為暑假而人滿為患。經濟客艙內，各色人種肩並肩、胳膊碰胳膊地挨擠著，只差沒相濡以沫了。吃過晚餐後，夜色沉沉。燈光黯淡，連唯一光源的電視牆也偃鼓息兵；吵雜的人聲驀地安靜下來，大人小孩未經任何協調地有志一同朝夢鄉走去。僅有極少數像我一般的焦慮客，猶自睜著疲憊且空洞的眼睛等待預料中的失眠。

一陣陣咳嗽在黑暗中壓抑地傾吐著，小小聲的，唯恐驚擾了別人。我四顧著，終於找到聲音的主人，就在同一排的左方，兩個位置之遙。是位年近七十的老男人，正用手帕捂著嘴咳著。咳著咳著，似乎越來聲勢越壯。臉漲紅著，壓抑不住地，連心肝都震動起來。安靜的夜裡，顯得格外驚心動魄。

接下來的十幾個小時，每隔幾分鐘便是一陣驚天動地的長咳。他鄰座的女子原本睡著了，禁不住這三番兩次的折騰，皺著眉，翻身背對著，也捂著鼻。老人的咳嗽想來並非夜幕低垂才起始，也許先前被兵荒馬亂的置放行李、安撫孩童、調整坐姿及一連串空中安全解說……等所掩蓋，以致未能及時被察覺。黑暗中，零星幾盞照明像探照燈般斜射著，似有若無的灰煙在燈柱裡漂浮。也許是錯覺，空氣裡彷彿因此充滿了從老人口中、胸腔咳出的不知名病菌。我幾乎是感同身受地隨著咳嗽聲的起伏而痛苦起來。看來他的病情不輕，似乎並無任何親人隨行的他，顯示了異常暴躁的情緒。一位後排中間位置的旅客，請他暫時將座椅扶正以利他坐進位置時，老人聲色俱厲地邊咳邊罵：

「我不能……躺下嗎？不躺……下，我……怎……麼辦？你要……害死我嗎？你是什麼意思！」

年輕的旅客紅著臉解釋，老人得理不饒人地咄咄逼人，用著連咳帶罵的斷續聲腔，將所有的乘客從睡夢中驚醒。在尚未弄清狀況之前，十目所指、十指所矢的年輕乘客無端成了眾矢之的。

在笑容可掬的空姐調停下，事件終告一個段落。美麗的空姐體貼地為老人加了毛毯、倒了開水，並教導老人操作服務按鈴，殷殷允諾隨傳隨到，老人這才停止他且咳且罵的行動。然而，咳嗽像一隻猛獸，隨時欺身過來，啃噬老人的喉頭。整個夜裡，他不停歇地咳著，嘔心瀝血般地咳著。被睡神唾棄的我，逐漸覺得被他咳出的細菌重重包圍，甚至正和他以「你儂我儂」的親密方式吞吐著同一口氣。外頭，飛機逆勢飛行的聲音呼呼作響；裡頭，密閉的門窗內，老人正奮力將喉嚨及肺部內的廢棄物吐出，有幾次，持續的咳嗽幾乎將老人摧毀，聲音的淒厲堪稱前所未聞。我開始強烈擔心起他的安危，唯恐他一口氣喘不過來，將在飛行途中製造悲劇。然而，他終究還是捱了過去！只是，我彷彿被他附身般地，不但肺部激烈疼痛起來，連身體都顯示了積弱不振的疲累。

乘客中，想必有和我一樣感受到被強烈侵襲的人。老人前方位置的婦人，每逢咳聲轉強之時，必抱著襁褓中的孩子到後方的廁所旁暫避鋒頭；右方的年輕女子背對著老人摀鼻閉眼，狀至悲壯；左邊走道的男子，不時皺著眉頭嘆氣。其他人的戒慎恐懼全擺在臉上，不必贅言。我勉勵自己盡量以同理心來看待；無奈空間密閉、人口眾多，那樣慘烈的咳聲很難不引發聯想。我低聲跟外子說：

「像這樣的病狀，實在不宜長途飛行。非但自己受苦，別人跟著受累。」

外子苦中作樂，突發奇想，開玩笑地說：

「位置上方應該有類似抽油煙機的抽咳設備，像咳成這麼厲害的人，馬上將『抽咳機』罩上，讓咳出的細菌直接抽出機外，免得滿機飛舞！」

被外子這麼一說，倒讓我想起一個因口臭而致使機上乘客集體罩上氧氣罩的廣告。先前認為誇張的廣告，這時倒真是感同身受了，真希望上方的急救氧氣罩也能當空落下。正想著，又是一陣激咳傳來，咳聲夾雜著濃痰的聲音，天生聯想力豐富，加上徹夜未眠，我再也挺不住了，急急衝向洗手間，差點兒沒將心肺、腸胃一起吐出。我慶幸自己的自制能力尚佳，總算沒有在跑往洗手間的半途出岔，否則，飛機上的旅客如何來應付這雪上加霜的惡劣局面。

在洗手間慘白的燈光下，我鏡照了一臉的虛無。在幾度的叩門聲中，我遲遲走出，心中充滿對自我的悲憫。小小的咳聲就將我輕易撂倒，還談什麼動心忍性、增益己所不能！我決心向空氣中可怕的濁氣宣戰！還有幾個鐘頭才到達目的地，我必須穩住，絕不能出師未捷身先死！

睡覺是絕無可能的，我戴上耳塞，取出筆記型電腦，決心以寫作來對抗。咳聲仍穿透耳塞、直奔耳膜，我勉勵自己，別人能忍受，我沒有什麼不能的。咳聲依舊，我教訓自己，若是你的老爸，你多盼望得到同情的了解？咳聲越來越急，我提醒自己，老先生已經夠可憐的了，你絕不能再恨他！咳嗽沒完沒了，我幾度想衝去找機師或服務的小姐想想辦法；然而，理智又告訴我，除了把他丟到太平洋，還能有什麼法子！……一路上，我不停天人交戰，直到飛抵紐約機場，我才昏昏然在充滿節奏感的咳聲中安穩睡去。

——本文收錄於二〇一〇年六月出版《五十歲的公主》（九歌）

過了七個紅綠燈後

因為演講，我幾乎跑遍了台灣島。離島或中南部，路途迢遞，只能搭乘飛機；除此之外，舉凡新竹以北地區，我總是請求主辦單位傳真一張地圖，就憑藉著這張地圖循線開車前往。許多政治人物喜歡誇言「全省走透透」，其實那種前有導車、後有隨扈的巡行，不過「盲從」罷了，一點挑戰性也沒有。相較起我的一步一「車印」，甚至是頂著月亮，在狹窄崎嶇的鄉間產業道路上夜奔的辛苦，這些走去全不費功夫的「走透透」，我認為根本算不了什麼「豐功偉績」！

多年四處演講，除了練就一身看地圖的本事之外，印象最深刻的，莫過於問路的經驗了。問路的經驗，大致分成兩種：一是行前和主辦人員的溝通；一是途中向路人詢問的過程。我最怕遇上一些大而化之的承辦人，因為久居其地，他總誤以為別人跟他一樣熟悉地形，在我要求畫一張地圖時，每每會輕鬆地告訴我：

「不用這麼麻煩啦！我們這裡很好找的。你從車站過來，只要繞過一幢院子前鋪有白石子地的小別墅，再經過一座橋，往東邊看過去，遠遠就可以看到我們這幢大樓的後門。很簡單啦！」

這段話其實處處充滿陷阱，首先你得找到小鎮的車站，小別墅是從車站的哪一個方位繞過去？你還得目光炯炯地低頭找尋鋪著白石子地的別墅；而到一個陌生的鄉鎮，你又如何辨識東西南北？何況還是後門，可能連一塊招牌都找不到，而這還不算是最離譜的說明。一回，一位先生還很有把握地告訴我：

「你到了某某路之後，一直往前走，看到路邊有一個大型公設垃圾桶後，馬上轉彎進來就是了，很好找的。」

而當我找到第一個垃圾桶時，卻發現根本無路可轉；等到第二個垃圾桶出現，慶幸終於有條岔路可以轉進，卻遍尋不著他所說的目標。原來這一路上設了少說十個垃圾桶，而他所說的那個，少說是第六個了！這位仁兄，真是目中無他「桶」！

路邊問路，最能看出人性。有人沒聽清楚，便胡亂比畫，將「中學」聽成「小學」，雖只是一字之差，卻常常咫尺天涯。有人會毫不猶豫地指導你：

「從這裡過去，經過七個紅綠燈和三個警示黃燈後右轉，就可以看到了。」

如此不假思索的準確數字，當下讓我佩服得五體投地。只是經過長期的觀察後發現，那樣確鑿的數字，除了證明他是個自信心過強的人外，通常準確度極低，僅能供作參考。

我在路上閱人無數，有充分的證據證明台灣的人情味濃郁。問路的過程中，我不但從未遇到不理不睬的人，甚至在他們無法提供答案時，還會再三表達歉意或表明自己不是本地人。更有甚者，還會熱心地幫忙去請教較有見識的鄰居。我遇到過的最熱情的被問者都住在宜蘭，一位聽說我來自他鄉異縣，馬上誠摯地邀請我進去和他們一起喝杯茶、還堅持要我吃片西瓜，才放我上路；一位判定路況過分複雜、難以言說，當下牽出摩托車，在前方引導，吩咐我一路尾隨，就這樣平白領著我走了好幾公里的路，真是讓我感激得沒齒難忘。

——本文收錄於二〇一〇年六月出版《五十歲的公主》（九歌）

計程車司機的臧否

計程車上，遇到一位讓人頭疼不已的司機先生。

當我們拐來拐去說明家裡的方位後，司機隨即舉出明晰的地標：「就是吃絲瓜湯包的館子旁邊嗎？」

「對！對！對！」我們忙不迭地點頭。誰知這一點頭可給我們帶來無窮的後患。

一路上，這位司機不斷地針對小籠湯包提問：

「你們常去隔壁吃小籠湯包嗎？」

「很少，偶有客人光臨，來不及做飯才去。」

「請問絲瓜湯包裡頭只有絲瓜嗎？」

「也不是太清楚，應該還有肉末、蝦米之類的吧！」

「鼎泰豐一籠湯包一百二十元，他們的一籠多少錢？」

「不知道欸！」

「不知道？你們不是說去吃過？」

「不記得了，沒注意。」天啊！誰會記得這些事！我連明天上什麼課都還搞不清楚。

這位先生不罷休。問我們：「你知道鼎泰豐一天的營業額多少嗎？」

我們三人都答不上話，保持沉默。

「猜猜看啊！我曾在那裡做會計，你一定猜不出來，不過還是請猜猜看。」剛才是數學題，現在改成猜謎題。他一再催促，死不肯先公布答案。女兒被迫，無奈應付說：「七萬。」司機顧不得開車的危險，頭部做一百八十度迴轉看著坐他身後的女兒，問：「你是還沒結婚吧！這麼沒概念。」

然後，轉過九十度，用眼神問我。我怕他沒看路，會出車禍，只好湊趣回說：「一百萬」，他驚訝地讚美我：「還是這位太太厲害。平日八十～一百萬，假日一百二十萬元左右，驚人吧！」

我優雅接受讚美，沒回話。他開始解說鼎泰豐的發跡史，每年龐大的媒體宣傳費，還有端盤子的服務生起薪就有三萬四千元。說著、說著，興致來了，又拋出新題目考我們：「你們家附近那家絲瓜湯包的湯包是不是比較大？」天啊！這回考的是比較題。

「不知道。」這題輪到外子負責解題。司機不肯罷休：「聽客人說比較大個啊。」

外子沒說話，我只好虛應故事：「那就比較大吧！你既然都聽說了。」

「大多少？」他鍥而不捨，追根究柢。大多少！三人陷入沉默。司機以右手五個手指比出饅頭大小：「有這麼大嗎？」我們一齊笑出來，異口同聲：「哪有那麼大！又不是饅頭。」

司機真是個愛說話的人！我們的沉默完全沒有打擊到他的士氣，他接著開發新議題：「你們知道鼎泰豐隔壁的『高記』吧？」「嗯。」「他的小籠包聽說也不錯吃。」「嗯。」「你們去吃過？」「嗯。」他興致又來了，又開始給我們考試。「高記的湯包跟你們附近的絲瓜湯包哪一個好吃？」「不知道欸。」

我一直認定他的心理是相當不平衡的，因為他一直對誰好吃？哪個大？相當執著。所以接著他又回到比較題：「那高記的湯包跟你們家附近的絲瓜湯包哪個大一些？」

「我們家到了！請停車。」我們齊聲喊。司機不停！他把車開到前方一些的湯包店才煞車。坐在後方的女兒和我趕緊拉開車門逃出，彷彿聽到邊掏錢付帳的外子邊說：「你現在進去吃吃看不就知道哪家的湯包比較大了。」

——本文收錄於二〇一三年八月出版《在碧綠的夏色裡》（九歌）

地震過後的高鐵車廂裡

搭高鐵去台南演講，原本在網路上訂購的是中午十二點三十六分的班車，不料一個地震將班次搞得大亂。幸而提早去了，十一點三十分衝進一列原訂十一點出發的車子，在自由席裡找到一個僅存的座位。

車子靜靜鵠候，直到乘客將車廂擠成沙丁魚，才在十二點四十分啟動。剛開始，站務人員還頻頻播報誤點一個鐘頭的消息並表示抱歉；其後可能是倦了，一聲不吭。可乘客沒有人抱怨，天災嘛！安全檢修當然比準時到達重要許多。我坐的是最後一排，一位約莫五十歲的女子就站著倚在我的靠背上。從她上車的十一點四十五分起，她就拿著手機講到地老天荒。每一句話的停頓，我都寄望是個結束，可惜總是失望；每一通電話的結束，我都以為是所有電話的完結篇，可惜也只是我的痴心妄想。

這位女子撥出去的十幾通電話都用這句話開始：「我現在在高鐵上，高鐵因為南投的地震而延誤。」她的聲音雖然不算大，卻穿透力十足，從我的後腦勺直直貫穿下來，綿密、緊實，充滿爆發力，搞得我差點精神崩潰。第一通講得最久，共計四十餘分鐘，話題圍繞著一口尚未購買的保險箱。她一再重複一位叫做「寶哥」的人亟須一口保險箱以保護所有有價、無價的資料：「尤其是那些信，沒收藏好的話，來打掃的人都可以看見。」讓我感覺寶哥可能從事極為機密的工作！也許是FBI派來潛伏的調查員之類的。

這位女性應該是窮極無聊的，她一通一通地打，有時跟人聊股票交易；有時跟對方討教瑜伽；有時交代下訂單；有時跟朋友約吃飯；還分別跟三個人請教同一問題——如何在下車的高鐵站搭乘接駁車？我強烈感覺她志不在得到答案，志在聊天。我不想聽她的，但是沒辦法，所有的話都在我的腦袋上方盤旋。

好不容易此人在新竹站下車或走開，車子又擠進另一批人。兩位西裝革履的男士就站在我的旁邊，開始吃起便當來。兩人邊吃邊聊，我怕他們一不小心將湯汁潑到我的頭上，只好將手上的報紙頂在頭上假寐，但萬一灑到身上呢？我顧得了頭、顧不了身，我就這樣一路閉著眼擔心著。等到他們的咀嚼聲音稍歇，我取下報紙，發現上頭的口水、菜渣歷歷分明。這樣的發現讓我大驚失色，因為接下來我發現這兩人中的某一人，有著明顯的口臭，當我取下報紙後，氣味從上而下，逼得我必須省省地、輕輕地呼氣跟閉氣。

這兩位先生總算在嘉義下車，我則因為強烈缺氧而頭昏腦脹。出了台南高鐵站後，久久才死而復生。

——本文收錄於二〇一三年八月《在碧綠的夏色裡》（九歌）

大人的眼淚

午後，搭二十路公車去市政府開會。十字路口上隔著一盞紅燈，遙看它揚長而去，有點兒著急。候車的招呼站跑馬燈顯示，下一班二十路車得等候十四分鐘，我猶豫著該不該改搭小黃。坐到候車椅上發呆，正起身決心換車種，竟看到一輛閃著二十的公車正徐徐開近，才過二分鐘，真是意外的驚喜。

（結論：公車的跑馬燈，只供參考，不可全信。）

高興地跳上車，坐定位。一位老先生顫巍巍地走到前方，問司機：「通化街口有停麼？」司機很有精神地回說：「坐回去，別急，到站會叫你。」老人家說：「前一陣攏無停。」司機說：「彼時陣是做工程，這陣，已經攏總完工。你看！招呼站做到這尼水！三百年、五百年內攏總未變化，一定會停啦！」

（結論：公車的司機對政府好有信心，向心力好強！公車處應該給他記嘉獎。）

回程的車上，從車子的最後方傳出清亮稚嫩的童音：「把拔、馬麻打小孩就叫做『家暴』對不對？」回頭，看到最後方座椅上一位小學一年級的孩童正問著他身旁的阿嬤。

阿嬤回說：「要看情形，如果小孩不乖，把拔、馬麻當然可以打他。」童子有不同意見，他教誨阿嬤：「不乖也不能打！小孩不乖應該用講的。」阿嬤反駁：「有些小孩就是講不聽啊！」童子繼續誨人不倦：「講不聽也不能打，要用勸的。」

阿媽無奈，說：「勸也不聽怎麼辦？只好用打的啊！」童子很固執，堅持愛的教育：「勸不聽可以用哭的啊！馬麻哭了，小孩就害怕了。」舉車盡歡，從各個角落回頭看向童子，都笑了。

（結論：眼淚攻勢很厲害，小孩原來比較怕大人的眼淚。）

——本文收錄於二〇一五年一月出版《老花眼公主的青春花園》（天下文化）

街頭邂逅的司機

在台中，要去大雅的大華國中義講。前一晚有些著急，在電腦前研究了又研究，跟Google大神求援，說全程只需十四分鐘左右，「就不信我能開到何處去，大不了讓導航器引導，不用慌。」我心裡這樣自我安慰。

誰知一如以往，我搞不定那台生性彆扭的導航器。它神出鬼沒，不知是怎的，就是對我的指令不理不睬。不管我氣得吐它口水，它就是鐵了心的裝孬；有時又忽而莫名奇妙開啟後迅即又神隱起來，總是不肯讓我輸入目的地的地址，存心跟我捉迷藏。

我懊惱地放棄導航，按照昨晚Google大神的指導。七十四號路我常走，隱約記得Google指示從「西屯路」下，我一路奔往南方，感覺方向明顯錯誤後，迴轉，追上一輛送貨的旅行車問路。車子跟貨車並排停在紅燈前，我敲窗示意司機開窗，才弄清楚原來應該從「北屯路」

下高速路的，西屯、北屯一字之差，謬以千里。

司機是名眉清目秀的年輕小夥子，我決定無論如何要賴定他，用緊急且顫抖的聲音問：「大雅怎麼走？我要去大華國中。」他跟我比畫了半天，我聽不懂；我怕他一踩油門溜走，急忙用哭腔求他：「我一點五分要去大華國中演講，現在已經一點了，怎麼辦？我都要哭了。」那男子看了表，也嚇一跳，忘記了自己原本要做什麼吧，忙不迭義氣地說：「跟著我走，我帶你去。」我只差沒跪謝，趕緊睜大眼緊跟，一連闖過兩三個黃燈，終於在一點十分衝進學校，我甚至來不及致謝，他就擺擺手走了。我彷彿記得這位司機跟我說過他是大雅人，大雅人真的好「大雅」。我看他載著一車的東西，不知道是否因此耽誤了他的正事？真是不好意思，這是唯一一次和貨車司機的邂逅。

搭計程車的經驗倒是不少，常聽人抱怨計程車司機，自己也曾有過幾次不甚愉快的乘車經驗。但自從碰到過一位相當熱心的司機後，才讓我徹底改觀。

那回，我去朱崙街體育署開會，在杭州南路上車後，發現車子後座上留有一個小朋友的背包。我告知司機。司機擔心印著舞蹈社地址的書包小主人可能因此沒辦法上課。半途停車，循線打了好幾通電話過去。失主的母親正著急著，收到背包失而復得的消息，好高興。司機對著話筒說：「我可以把這趟客人載到朱崙街後，馬上回頭將背包送去愛國西路，請不用擔心。」他掛下電話後，我真心讚美他的熱心，說他是台灣最美好的風景，他只客氣回說：「這是我們應該做的，不算什麼啦。」

他應該留名的，所以，我特別偷偷記下他的姓名，在臉書上公布這位名叫「劉明村」的可敬司機。台灣需要這樣優質的司機和如此溫暖的新聞。

從搭計程車司機的經驗中，我發現司機裡奇人異士忒多。多年前，曾在台北遇見一位名叫「王維」的，一路傳播樂天知命的人生哲學；一年多前，曾搭過一位滿腦袋奇思妙想的司機。我從信義路上車，交代了目的地後，就一路保持沉默。我感覺那位司機偷偷由後照鏡瞥了我好幾眼，好像想找到說話的切入點，我沒給他機會。

一直到迎向市政府的正門前，司機忍不住搭訕了：「『改變』寫得很清楚啊，不會看成『政變』吧？」那時，柯P剛入主市府，在市政府門前掛了「改變成真」條幅。既然是問號的話題，我稍稍側身看向前方，回答：「是啊！應該不至於看錯。」

話匣子一打開，像開閘的水庫，豐沛的語言傾瀉而出，於是有了以下的對話：

司機：「字寫得很漂亮，會是柯P寫的嗎？」

我：「應該不是，在報上看過他批的公文，字滿醜的。」

司機：「寫病歷應該都用英文吧？中文醜些沒關係。」

我：「是啊，政府好像有想推廣用中文寫病歷，醫生反對。」
司機：「醫生當然反對，病歷被看得清清楚楚，他能怎麼混？」
我：「啊！是這個原因才反對的嗎？」
…………
司機：「將來連春聯都會用英文或日文寫，你看著好了。」
我：「英文春聯？恐怕不容易吧？英文字靠拼音，不容易達到中文對聯工整對仗或押韻的效果。」
司機：「這不難，以後會有辦法的，科技進步會解決這樣的問題的。」
我：「但春聯幹麼用英文或日文寫？」
司機：「英文或日文寫，一般人看不懂，才不會亂批評。」
我：「哦！這樣說也對。」
司機：「當然對！何況我們不是一直強調國際化。」
我：「說得也是！」
司機：「其實，世界進步到這個程度，以後我們都不用學習了，只需要創新。」
我：「沒有學習，能夠創新嗎？創新通常必須先有基礎知識。沒有學習，你連閱讀都沒辦法。」

司機：「那你真的落伍了！未來的時代，電腦會翻譯我們腦袋裡的想法，我們不必認字。」

我：「不必認字？那你用啥方法知道一些創新的基本原理？」

司機：「欸！我們可以使用別人的腦袋。科技可以把別人的腦袋輸進我們的腦子裡，我們就不用花時間學太多東西……」

我：「……哦！抱歉，誠品到了，我得進去裡頭找書看看，再想想你的話有沒有道理。」

回顧這整組對話：司機的話，強而有力，肯定句居多；作為老師的我，相形之下可就弱掉了，猶疑不定，充滿問號，我真是枉為人師。

除了搭計程車外，公車應該是最家常的交通工具。近日，有一次搭錯車的尷尬經驗。約了去錄音，臨出門，才開始找地址，一時沒找到，時間卻已迫在眉睫，只隱約記得是敦化南路和信義路交叉口附近。我收拾好，帶上手機出門。

在站牌等候公車時，我撥打電話問編輯。連撥幾通，編輯才終於接了。信義路上的公車，大多會經過敦化南路和信義路交叉口。我問過確切地址後，發現一輛公車赫然來到身旁並開了前門。我本能地踏上公車，一秒鐘後才驚覺應該要確認一下的。

我問司機：「請問這是幾號公車？」司機說：「車子前方不是寫了？六七一號。」我尷尬萬分，靈機一動，立馬將眼珠子調整成恍惚直視模式，跟司機道歉並解釋：「對不起，我眼睛看起來沒啥問題，像正常人，其實是視障。上錯車了，抱歉，謝謝。我要搭信義幹線。」

然後，我直著眼珠子，慢慢轉身，步履蹣跚摸索著下了車。我瞥到司機露出抱歉與悲憫的眼神。嚴格說起來，我並沒有說謊，只是轉用了外子的說法，他總在我請他幫我辨識是洗髮精、潤絲精或藥品品名時說：「我看你根本跟瞎子沒兩樣。」下車後，我高度懷疑我這靈機一動，或許真是使用了前述那位滿嘴創意的計程車司機的腦袋。可是，我的腦袋是何時被輸入了他的想法的呀？難不成搭車當天就已經被他動了手腳了？

——本文收錄於二〇一七年四月出版《像蝴蝶一樣款款飛走以後》（九歌）

輯三

從冬天開往春天

搭便車

新車登場，便自不凡。流線型的淺藍色跑車在陽光下誇耀著它的亮麗。乍一看去，簡直疑心是從天上直開下來的。

下課時，她開著新車，一派熱心地兜攬著同事來搭便車，準備好好一展身手。

不知道是平日迷糊出了名，未曾在同事間建立良好的信譽，抑或大家對新車的性能沒多大把握，大夥都再三謙辭著，異口同聲地說：

「不用！不用！我們等交通車好了，挺方便的。」

她涎著臉央求著，同事們驚怖得你推我讓的，表現了前所未有的禮讓風度。為了這般的不信任。她幾幾乎乎要惱羞成怒，臉上的肌肉明顯地僵硬了起來。這才有一位年輕的同事在眾人推擁下，捨身成仁似的，帶著一臉悲壯就義的表情上車。

＊＊＊

日子稍久些，看到她來來去去的，每天都平安地出現在眾人眼前，似乎也不曾發生預期中的那些重大交通事故，大夥兒在失望之餘，遂逐漸放鬆了戒備。偶爾出校外搭公車的路上碰上了，為圖方便上了車，她看著扶手上他們因為緊張而握著青筋怒張的雙手，總是覺得受到相當程度的屈辱而感到十分不痛快。

慢慢地，她的駕駛技術在眾人多次實地考證下獲得了肯定，甚至建立起極佳的口碑。一些平日裡極為膽小的先生女士們，居然也膽敢成為她的座上賓。這時，她的虛榮心才逐漸獲得滿足。

＊＊＊

接下來的日子，開始有了麻煩。

每天早上，一進辦公室，照例是這樣的對白：

「早啊！張老師！今天你幾點回家？我可不可以搭你的便車？」

「好啊！」

然後是依次預約，像到公保大樓看門診一樣。她得牢牢記住預約的號碼，免得答應了過多的人，到時候顧此失彼得罪人。而預約至四號以後，還得像掛號窗口一樣，在臉上擺出

「額滿」的招牌，一一向向隅者致歉並依次報出乘客姓名，以示所言不虛。

她的授課表霎時變成搶手貨，逐漸在同事間廣為流傳。她授課的地點和時間，別人記得比她自己還熟。常常有人這樣問她：

「今天下午我搭你便車好嗎？五點半，我在老地方等你。」

「不行！今天我要晚點走，我有事！」

「為什麼？你不是五點二十分下課嗎？」

「我要到法學院去一趟。」

「怎麼這麼湊巧?!」

言下之意，半信半疑，還有幾分嗔怪。而這些話還得像錄音機般重播三、四次左右，對手雖然不同，說辭大同小異，都讓人聽了不甚愉快。

還有一些人就像橡皮糖般死黏住人，鍥而不捨的，非到她舉雙手投降不可。告訴他不能提供服務的理由後，他便接著說：

「沒關係，我等你。」

「可是，去完法學院，我還得再到教務處辦點兒事。」

「沒關係，我能等。差不多幾點走？」

「教務處那樁事很麻煩，我也不確定什麼時候能辦好。」

「好吧！不管什麼時候。反正，我在研究室等你，我跟定你了。哈！哈！……」

她只能無可奈何地在一旁陪著乾笑。

＊　＊　＊

日子再久些，預約也免了。乘客自動排班，自動調整，不多不少，總是四個。在校園必經的一個固定角落，半路攔劫。正所謂「法網恢恢，疏而不漏」，沒有一次能夠倖免。上得車來，自動商量路線，在車後，發號施令，誰先上、誰後下，指揮若定，秩序井然，半點兒由不得主人做主。她在前頭開車，像個肉身傀儡，乘客依次下車，最後，繁華散盡，只覺啼笑皆非，不是滋味。

有時，上課時被學生搞得心情大壞，或遇上情緒低潮，只想一人獨處，再沒心情陪著乘客打哈哈，遠遠看見四人齜牙咧嘴在夕陽餘暉下一字排開，直覺萬念俱灰，直想一頭撞死。饒是這樣，卻也沒有勇氣閉上眼睛、殺出重圍。

＊　＊　＊

情況愈演愈烈。

有一次，被攔下來，她搖下車窗，抱歉地說：

「對不起！今天我必須到學校實習銀行去提些錢，你們得等一等哦！」

「不行啊！這樣我就趕不上四點的那班火車了。」有人理直氣壯地反應著。

「可是，我今天不提錢，晚上就繳不出會錢吔。」

趕火車的人懊惱地試探著：

「不能明天再給嗎？」

「不行！明天我不到學校來，而且已經拖了好些天了，不好意思。」

趕火車的人氣憤地杵在那兒，嘴裡喃喃有辭：

「怎麼辦？趕不上了，不坐你的車一定趕不上了，真糟糕，早知道……」他手扶著車門，就直挺挺地立在那兒，絲毫沒有另作打算的意思。車裡車外的人在路旁僵持著，她也鐵了心，不肯退讓。突然！其中一個人興奮地出了個主意：

「我看這樣好了！你的會錢多少，咱們幾個人身上湊一湊，先借給你好了。」

車外的三個人茅塞頓開似的笑了起來，站在路旁開始慷慨解囊著。她腦門上「轟」的一聲，傻住了。有點兒想笑，有點兒憤怒，完全不知道該採取哪一種面孔來面對他們。怎麼可以這樣？這算什麼？握著方向盤的手微微顫抖著，她深吸了一口氣，盡量壓下直往上竄的怒火，板著聲音說：

「算了，上來吧！我先送你去，再回來提錢好了。」

「怎麼好意思！怎麼好意思！不過，也只好這樣了！實在也沒別的辦法了！是不是？……」嘴裡一迭聲地說著，幾個人喜孜孜地上了車，又下了車。她開著車在人海裡高速衝撞，差點兒失去了理智。

＊　＊　＊

還有這樣的個案：

中午時分，一位同事咧著嘴，笑著問她：

「嗨！你今天要提早幾分鐘下課！」

她丈二金剛摸不著頭腦地問：

「為什麼？為什麼要提早下課？」

「如果不提早下課，我就趕不上女朋友的約會了，拜託！拜託啦！」

她恨得差點兒沒把牙根給咬斷。冷然地說：

「我從來不提前下課的。」

「好吧！算了！算了……」

下了課，和女朋友趕約會的人赫然出現在老地方，她用眼睛表達疑惑，只見他聳著肩嘻笑著說：

「沒辦法！你不肯幫忙嘛！要是女朋友因此吹了，唯你是問。」

她嚇了一大跳，什麼時候已經和他培養出這種患難與共的交情，她委實納悶。

＊＊＊

車子終於在沒有其他乘客的情況下出了事，沒有人傷亡，車子擦破了皮，得進廠檢修。她望著停靠在路邊、撞凹一大塊的車子，不但絲毫沒有惋惜的感覺，甚至突然升起了一種竊竊的歡喜。

「這回再沒有便車可搭了！哈哈！」她心裡想著，不自覺地露出一抹得意的笑容。

沒見她的車子停放在校園裡，所有的乘客都急慌慌地探詢著，她一逕淺淺地笑著，緩緩地答著，感到前所未有的輕鬆愉快。

腦筋轉得快的人，馬上追問：

「那你早上怎麼來的？」

「我是搭鄰居的便車來的。」

「那回去呢？回去是不是也搭他的便車？」

她著實大吃了一驚，如此深謀遠慮，可得步步為營，以免落入陷阱。她小心謹慎地回答：

「不一定啦！來的時候，我忘了問他什麼時候回去，如果不方便，我只好自己出去搭公車了。不一定啦！到時候再看嘛！」

「你可不可以現在打電話問問看？」

「我……我……我得上課去了。……」

所有人都失望地嘆了一口氣，她拔腿飛奔而去，驚出一身冷汗。其實是老早說好了，還是搭鄰居的車子回去的。好不容易有這麼一次自由的行程，可不願意又活生生地被套牢。

下了課，跳上了朋友的車子，正和朋友敘說著今早的歷險記，二人樂不可支地大笑。突然，迎面碎步半跑的來了兩個人，一邊招著手，一邊喊著她的名字。朋友緊急煞車，以為有什麼要事，她白著臉阻攔不及，硬生生被攔下。一顆碩大的頭顱半伸進車窗裡，氣喘吁吁地徵詢著：

「張老師，我們可不可以搭你這位朋友的便車？」

沒料到有這一招，二人驚慌失措，面面相覷，後門已然被拉開，車外的人擠了進來，口裡直說：

「今天運氣還真不壞，否則可慘了，我小孩在幼稚園裡等著我去接他呢！……」

車子徐徐開動。車窗外，一波一波的人朝熙來攘往地鑽動著，已經長出青翠嫩葉的木棉樹在黃昏裡冷冷地肅立著。她突然忍不住一個人偷偷地笑了起來，先是壓抑著，偷偷地笑，接著扼抑不住的爆笑開來，笑得眼淚鼻涕直淌了一臉。後座的乘客也湊趣的、傻呵呵地陪著笑了起來，不明就裡的。

——本文收錄於一九八六年五月出版《閒情》（圓神）

當火車走過

當火車走過，不管在人聲嘈雜的西門鬧區，抑或空曠荒僻的鄉野，我總是凝眸再三，痴痴地目送它巍然遠去。而童年往事，往往就在隆隆的車聲裡漸次展開，像一張張交疊的畫片，爭先恐後地躍上腦海。

上小學以前，我們住在鄉下老家三合院的房子裡，正廳對面，是一塘池水，池塘外的大門邊兒，則是一株鬱茂的老榕樹。樹下閒閒地散置了些大石塊。在哥哥姊姊都上學去的時候，我多半坐在石塊上，對著綠油油的稻田發呆。一望無垠的稻田中間，夾藏著一條運送甘蔗的台糖小鐵路。小小的火車踽踽獨行在碧綠如茵的稻田中，另有一種動人的風姿。而在單調乏味的獨處時光裡，憑空拔起的汽笛聲及弓背慢行、一步一喘的小火車，在記憶中，確曾帶給我許多夢想。我常沉浸在哥哥姊姊講述的童話故事裡，假想著自己坐上小火車到處去流浪。而這種既不知起站又不知終點的無止盡的神遊，確實頗能滿足我孩提時期愛幻想的毛病。

傍晚時分，上學的人都放學回來了。小火車的笛聲乍一揚起，所有小孩便不約而同地從三合院的各個角落竄出，滾動著眼珠子，虎視眈眈地在鐵道旁站定。有時，火車飛快馳去，眾人無機可乘，便意興闌珊地做鳥獸散。多半時候，小火車總是一步一蹶、氣喘如牛地爬行，猶如重病的老人。這時，比較大些的孩子就大膽地靠近車身，奮力抽取捆綁在車子上的甘蔗，年紀較小的孩子則在一旁搖旗吶喊。火車過後，幾乎人人都有滿意的斬獲。童稚的心靈，沒有太大的野心，只要能抽取到一、兩枝，便歡天喜地。然而，在這每天例行一次的突擊行動裡，除了危險的顧慮外，還得隨時提防守車員狠命地追逐。也不知道，到底是守車員只是志在嚇唬不在逮人，或是小鬼們的確太過機靈，似乎也從來沒有人被抓到過。而類似的追逐，倒彷彿成了黃昏裡另一種生趣盎然的景致。

有一回，二哥奮力一拉，居然整捆甘蔗應聲而下，把一旁加油的我，看得目瞪口呆，一時之間，覺得恐懼萬分，竟害怕得大哭起來，把所有人都嚇得拔腿就往回跑。後來，這捆甘蔗被偷偷藏匿在床底下。白天，我每隔一段時間，就趴在地上，偏著頭往床下看，見那麼一大捆已經鬆綁的甘蔗直挺挺地躺在那兒，總覺大禍即將臨頭，惶惶終日。原來，超乎期望的非分，竟是如此教人無法安心！

上小學一年級時，我們搬離了老家。新房子坐落縱貫道旁，前臨公路，後傍鐵道。終日車聲隆隆。那時，電視尚未開播，爸爸每天固定收聽收音機裡的說書。收音機放在客廳和書房的隔間邊兒。我從小熱中於聽故事，雖然，因為升學競爭得如火如荼，母親嚴格禁止我們偷聽。但是，我禁不住誘惑，經常把書本豎在書桌上作狀，一邊防範母親的腳步聲，一邊把耳朵貼在牆壁上，偷聽音量放得極低的故事。常常在緊要關頭，汽笛長鳴，接著如雷貫耳的車聲，排山倒海而至，往往使我錯失了最精彩的片段，而忍不住扼腕嘆息。而更糟糕的是，母親常藉震耳的車聲掩護腳步，進行突擊檢查，形跡敗露，少不得挨一頓竹板子。

在噪音的隙縫裡討生活，最大的影響還不在於嗓門的提高，而是對生死存亡的看待。家後面，除了縱貫鐵路外，緊貼著後門，另有一條通行得不太頻繁的小鐵道。印象中，一天大概不定時來回兩趟。日子一久，附近人家都能準確地辨識兩種車輛的不同笛聲。當時，飼養家禽的風氣甚盛，平常雞鴨多在小鐵道上悠遊行走；小火車汽笛一響，人們便放下手上的工作，火速衝向後門，趕回自己飼養的雞鴨。然而，手腳再是俐落，仍常有雞鴨走避不及，當場罹難。全家便在悲傷的氣氛下進行晚餐。傷心的不僅是親手飼養的家禽橫死，在那樣艱難的歲月中，恐怕更多的是對生計摧折的憂心吧！

雞鴨固然常遭不測，身為萬物之靈的人類又何能倖免。一天，我從學校放學回來，放下書包，奔到小鐵道上練習走鐵軌。不經意瞥見一張竹蓆被丟棄在鐵道旁的石子上，小小年紀的我，不知天高地厚，竟玩笑般地把它一把掀了開來。死在鐵道上的人鮮有全屍，一聲慘叫過後，我白著臉，跌跌撞撞地衝回家，足足病了一個月，天天做噩夢。一直到現在，我仍然對草蓆心存戒懼。

公路上、鐵路邊，長年有不小心的人慘死輪下，家屬們呼天搶地的哀號常引得人心酸落淚。然而，這樣的刺激終究也會麻木。看多了死別的場面，慢慢領悟到人生原如朝露，生和死，不過一線之隔，而死，也不過是生命過程中的一個必然的階段。到後來，我已經被頻仍的事故訓練得連看到前來超渡亡魂的遺屬們痛哭失聲，也不再會掉一滴眼淚了。

一回，我和爸爸站在後門，從疾速轉動的車輪下，彷彿看見有什麼東西從車上跌落。車子馳過後，爸和我飛奔前去，發現一名高工男生被摔落到田裡。原來，高工學生在學校釘了一張小板凳，大概車上已無空位，就把板凳放在車子中央坐下，遇到一個大轉彎，被離心力離出。幸好，稻苗正長，沒有摔死，只昏了過去，爸趕緊送他到醫院急救，才沒有造成悲劇。記得，學生的母親後來抓了隻大白鵝來向爸爸致謝。父親、母親和那個女人站在大門外的夕陽裡，拉拉扯扯大半天，白鵝一旁躁急地ㄍㄨㄚㄍㄨㄚ叫。如今也不記得，到底最後是誰的力氣大。

初中和高中，上的是台中女中，必須坐火車通學，也不知道怎麼搞的，似乎每天都在趕車子。縱貫鐵路在靠近我們家那一段有個急轉彎，火車一到那個轉彎處，必先鳴笛示警。每天早上，我幾乎都要蘑菇到火車鳴笛後，才含著一口飯開始起跑，總是在最後一秒鐘才勉強擠上。而說也奇怪，和火車足足賽跑了六年，居然一次也未曾趕脫過，現在想來，真是不可思議。

擠火車是個可怕的經驗，車子擠成那個樣子而居然從不考慮加掛車廂，也是我至今仍百思不得其解的。常常，我一隻腳懸空，只有一個腳尖踮在車門的階梯上，一手掛在門把，另一手只能搭在同學的手腕上，大半個身子露在車門外，一路掛到台中車站。台中到潭子，又聽說正好是縱貫鐵路上最長的一段距離。一路上，險象環生，遠遠看見路旁林立的電線桿直刷過來，整個身子急忙往裡一縮，躲過一劫又一劫。更甚者，手腳痠麻，又無法換手，好幾次都覺得一定要完蛋了，一定會鬆手掉下鐵道，而終究還是活著到站。哪裡能自行下車？都是被硬生生擠下。手腳根本不聽使喚，往往在下車後的很長一段時間內，還得保持剛才倒掛的姿勢。

高中時，不知道看到哪一本書上面記載，說孟姜女夏天乘涼，因為扇子掉進荷花池，捋袖露臂，入池拾扇，被藏在樹林後的萬喜良看見了，不得不嫁他。又說一位女子在幾乎溺斃的情況下，被男子用手拉了上來，回家馬上砍掉被男人碰過的手，以示貞節，不覺冷汗涔涔下，慶幸風氣漸開。否則，像這般擠車上學，鼻子碰眼睛的，肢體砍不勝砍，哪能全身而退。不過，儘管風氣較為開放，畢竟仍嫌閉塞。尤其長年在尼姑學校念書，把男女關係看得很緊張。莫說和男生交談，一定要被口誅筆伐、視為異端；即使在車上自然平視，如果不幸正好四目相對，而不稍加遮掩，也將為人所不齒。因此，車子雖然擠得水洩不通，幸而有寸土可立，多半人手一書，以避嫌疑。其中尤以女中及一中學生最為矯情。當然！也包括我在內。在那擁擠不堪且不規則跳動的狀況下看書，至今視力居然毫髮未損，也算是個奇蹟。

擠車雖苦，其實，我是最沒有資格抱怨的。因為，當時三姊在觀光號上服務，可以申請免費月票，嘉惠眷屬。我足足坐了六年免費火車，可說受益良多。

三姊上車服務的時間有個週期性，我們可以依照固定週期推算出她的班次。常常舉家在後門鵠候，和三姊遙遙招手致意。姊姊每次發了薪水，就在薪水袋裡裝上幾枚石子，外頭再包上一層塑膠紙，從車上丟下來。有時，距離沒算準，丟到鐵道旁的菜圃裡，甚至不小心丟進河水中，便全家總動員，「上山下海」搜索。雖說包了塑膠紙，有時水仍滲進，撈起來後，通常一張張鋪在天井曬乾，堪稱吾家一景。

最絕的是，這種招手致意的方式，原本是親情的流露，後來，竟似傳染病似的傳了開來。先是姊姊的女同事，常在姊姊沒跑車時，代她招手。接著是男性服務生，甚至司機。汽笛一響，全都本能地會集到車門口，往外招手。到最後，連經常定期乘坐火車的乘客，也開始在車窗內和我們打起招呼。而車下的，也不再限於我們家的人，鄰居開始加入了，車裡車外，車上車下，好像滾動的雪球，人愈來愈多，招呼愈來愈熱烈。在固定的時候，有志一同的揮手，真真印證了「相逢何必曾相識」。

考上大學的那年暑假，我們終於搬離了這個各種噪音交攻、卻又教人戀戀不捨的房子，而換到一處僻靜的所在。第一晚睡覺，覺得四處靜得嚇人，直聽到自己呼吸的聲音，竟至徹夜不眠。第二天，閒下來和家人聊天，每人都彷彿忽然發現到自己的嗓門太過誇張而使得場面時呈尷尬。逐漸地，媽媽罵人的聲音太過嘹亮、收音機的音色原來如此明晰……所有的聲音突顯在沉靜的空氣裡，連我數年來慣常的喃喃自語以頂嘴的毛病，在失去了車聲的屏蔽下，也突然被母親逮個正著。

興高采烈地坐上火車，準備負笈他鄉，離情別緒不敵脫離家庭約束的自由歡樂。然而，隨著一個又一個被撇在身後的隧道逐漸遠去，興奮沉澱了，眼淚卻掉下來了，台北已然在望，我卻已開始回望南下的列車。大學四年，最大的期望依然在火車——放長假，坐火車回家。火車的這頭是盼望，火車的那頭是不捨，依違於如此矛盾的情感裡，來來回回，竟已是幾個寒暑。

一年，考完期末考，行李老早打包完畢，和同學在前一天預購車票，寄送行李。當時，沒能力坐對號快車，只能買慢車票，而連這慢車票票款都是跡近苛刻的省吃儉用才存下來的。第二天清晨，坐上南下的火車，車行至苗栗，列車長查票，突然宣布我的車票失效，理由是員林（或彰化）以北的車票只有當天有效，員林以南，才可預購。同學全住南部，只有我得重購。乍聽之下，如遭雷擊，至今還清清楚楚地記得當時那種狼狽灰敗、如喪考妣的感覺。不甘心哪！也捨不得呀！更嚴重的是，口袋裡只剩了幾塊錢，根本不夠再補一張票。後來，好像是幾個同學先湊了借我，才了了這樁難題。回家的歡樂，在無情的現實打擊下消失了，那年的暑假，過得抑鬱不歡。

結婚生子後，我常帶孩子回娘家度暑假。每次，假期結束，決定返回龍潭的前一夜，母親總是顯得焦躁不安、容易動怒。而我常因整理行裝而無法顧及母親的心情。坐對號火車必須到豐原火車站，通常是母親幫我提行李，送我去。一路上，兩人都沉默著，不知說些什麼才好。長久以來，母女二人似乎從沒有像當時那般貼心、親密。「養兒方知父母恩」，我是養了孩子才更深切體會母親的劬勞；而母親許是年紀大了，再沒年輕時橫潑的銳氣，在等車的當兒，常不自覺流露出濃郁的不捨。車子來了，母親幫我把行李提上車，再匆匆下來，火車已然徐徐開動。我和孩子隔著窗子和母親招手，一向堅強的母親常脆弱地眼紅落淚。我則心似油煎，火車的這頭是我最最親愛的母親，在火車的那頭等待的，卻又是孩子最最親密的爸爸。我在火車上，心情擺盪，神魂俱奪，只能靜靜垂泣。

時光催人。自從買了車子，正式告別坐火車的日子，至今業已數年。當火車走過，我總要駐足凝眸。那先火車而至的拔尖的汽笛聲，早已成為記憶裡最為美麗的聲音。當火車走過，容我溫習一下幼年的習慣，招一招手，想一想父母的愛，兄姊的情，還有那一段永遠不褪色的童年往事吧！

——本文收錄於一九八七年七月出版《今生緣會》（圓神）

溫柔

一次長途旅行。當我在自強號火車廂裡，對號找到位置，並坐定後，耳邊廂立時傳來粗豪的男聲：

「……伊娘咧！好幾期攏摃龜，有夠衰，運氣真歹。你不知，我去廟裡拜極多遍，無一遍對，阮厝邊的阿柑仔，每期攏對，騙肖！哪有神明這麼偏心的，拜共一個神吔，極可惡咧！人如果衰，連神明都欺負你……。伊娘咧！無靈無聖，那一天，氣起來，提刀仔給伊劈掉，要不，放水流……。」

我原是拿出書來，準備看的，聽到這麼狠毒的話，不覺側過臉去打量。四十餘歲的鄉下男人模樣，魁梧強悍，口裡邊說邊嚼著檳榔，正說到氣頭上，顯得殺氣騰騰的。他似乎察覺到我的眼光，銳利地回眼向我掃射了一下，並從西裝口袋裡抽出一只空了的檳榔紙袋，洩恨似的往裡頭吐了一口檳榔汁，霎時間，袋內一片殷紅。我心裡一緊，假裝沒事般地把眼光往前挪了些。斜前方的椅子前，一截穿著短襪、球鞋的胖胖的小腿落入眼底。粉藕似的，正隨著車子輕微而規則的律動搖晃著。因為適才凶悍的一瞥，愈發襯托出這隻小腳的可愛、惹人憐。小腳的主人想是一個還分不出男女的小娃兒吧！因為椅背遮住，我無由一窺面目，不由得在心裡揣想著。

一個不大不小的緊急煞車，小娃兒的頭往前仆了一下，隨即倒過來在過道的手把邊兒。從側後方看過去，大體不出我的揣測，扁扁的後頭勺，白淨圓滾的側臉，教人打從心裡疼惜起來。我正納悶著旁座的家長為什麼不把他扶正，一張同樣圓滾滾的女孩兒略帶鄉氣的臉從他旁邊的位置，臉朝後地升起，朝著仍高談闊論的男人說：

「爸爸！弟弟睏去啊啦！」

男人停止了話頭，立起身，從椅背上方，雙手往小娃兒的胖臉環抱過去，在他臉上擠壓拍打了幾下，嘴裡說：

「啊！睏去啊！是麼！睏去啊！是麼！」

小娃兒被這一摸弄，迷迷糊糊張了下眼睛，頭一歪，又睡著了。男人縮回了手，放在嘴脣前，撮口一比，笑著朝女兒說：

「噓！莫講話，莫吵伊，予伊睏。」

然後，直起身子。往西裝上衣口袋裡，上上下下摸了摸，摸出了打火機、鑰匙，一包香菸和幾枚銅板，胡亂地放進西褲袋裡，接著脫下西裝上衣，彎身輕輕覆蓋在小娃兒身上，並笨拙地把衣襬小心翼翼地塞進小孩兒的身子底下，然後站直了身子，又朝女兒打了個安靜的手勢，坐下去，開始用很小的聲音和鄰座談話。

我坐在一邊兒，目睹了所有的過程，很快地就決定要原諒男人方才的悍恨無禮。在小兒女的懵懂嬌憨前，任是再強橫凶狠的人恐怕也只剩了溫柔了。男人那雙筋骨分明的大手，那個彎身覆蓋的輕柔姿態及男孩兒那一截粉藕似的搖晃胖腿、放心酣睡的白淨圓滾側臉，在若干年後的今天，依然時時突襲我的腦海，使我對這紛亂殺伐的人世不致過度絕望。

——本文收錄於一九九一年二月出版《記在心上的事》（圓神）

城市動員令

年關將屆，整個城市幾乎全動員起來了。

賣春聯的，已裁好了紙、研好了墨；攤販已做好了和警察捉迷藏的熱身運動；學生就等著期末考後扔掉可厭的書本；家庭主婦對著丈夫領回來的年終獎金做精密的預算表；做丈夫的則正偷偷地把私房錢投向聽說因「證交稅」調降絕對利多的股市。

採購人潮在迪化街和超市間穿梭比價，跳樓大拍賣的廣告招牌下，擁擠著撿便宜的男女。

這時候，農產運銷公司的負責人一定會出來信誓旦旦地說明果菜供應充足，保證絕不漲價；百貨公司的業務經理也照例會在電視上感嘆百業蕭條，生意難為。台灣雖堪稱豐衣足食，醫生一再警告營養過剩，但是過年啊！衣服總得買件新的吧！年夜飯裡佛跳牆總不能少的啊！雖然消基會正雙目炯炯地準備為大夥兒主持公道，但小糾紛雖然不斷，大問題則一個也沒有。

「衣食住行」中，住的問題太大，沒法考慮；衣食不虞匱乏，則不必考慮；剩下的就是交通部長的噩夢了。

飛行離島的機票買不到，砸毀航空公司的玻璃門；火車票還沒開始預售，先就扛著毛毯打地鋪排隊，高速公路上的大塞車，多年來一直是南下返鄉過年的人心中的最恨。各部會首長春節都在家含飴弄孫，只有交通部長忐忑不安，四處打聽，車潮淹到了泰安？抑或楊梅？

去年，一位朋友興奮地向我展示手中的火車票，說：「我排隊排了十二小時才買到的。」

另一位朋友聽了，一派正經地告訴他：「哎呀！你這太划不來了，為了兩小時的車程，倒排隊等了十二小時。你應該買台汽客運才划算，等十二小時，起碼可以在車上坐個五、六小時。」

奇怪的是，年年難過年年過。雖然一票難求，雖然一上高速公路就只能等著地老天荒，人們還是打破頭，排除萬難回家過年。前些年，因為怕死了塞車，我們左哄右騙，企圖拐誘婆婆北上過年。婆婆左閃右躲，各項婉拒理由紛紛出籠，甚至包括花沒人澆啦！鳥會餓死啦！最後拗不過我們的廝纏，才使出撒手鐧，說「得在老家祭拜祖先」。我不管，繼續歪纏：「祖先也許也想看看我們在台北新買的房子哪！他既然成了神仙，一定找得到台北的路。我們就在台北拜，他們鐵定會趕來。」

婆婆笑而不答，這招太厲害了。我們拿她沒辦法，只好繼續忍受長途塞車之苦，回家團圓。

前年，我們狠下心，決定自己在台北過。那年，我也和婆婆一樣，準備了豐盛的年夜飯，一家四口圍爐小團圓。不知怎的，有一種被發派到邊疆的淒涼感覺，四個人圍坐打撲克牌時，都有些意興闌珊。不必忍受塞車之苦；不必和大夥兒擠著睡；沒有人搶著玩撲克牌；沒有更小的娃兒啼哭喧鬧。冷冷清清的，連最愛玩鞭炮的兒子都失去了興頭，女兒苦著臉，首先發難：「一點也不像過年，一點也不好玩，我們什麼時候回去？」

那個除夕夜，四個人早早上床，只聽得鞭炮聲此起彼落。第二天，天才濛濛亮，便急急驅車奔回台中，家人執手相看，恍如隔世。

一位長期旅居海外的親戚和男朋友拍拖了好些年，終於答應結婚。不要求聘金，不計較蜜月旅行，唯一條件是男方得答應她婚後的第一個除夕夜回台灣圍爐兼放鞭炮。她在給我的信上說：「在海外多年，四處飄泊，最想念的是除夕夜裡團團圍坐的笑語和不曾稍歇的鞭炮聲。他們洋人不作興放鞭炮，我要回去玩個夠。」一位長輩，在兩岸相隔四十年後，正興高采烈整裝準備回大陸和八十五歲的老母親共度四十年來第一次團圓的除夕夜，誰知偏巧趕上國泰航空空勤人員罷工，他心急如焚，紅著眼激動地說：「母親身體不好，錯過了今年，誰敢保證能有下一次的團圓飯！」

一位去年才失去了兒子的母親，拭著眼角的淚，感嘆道：「以前老嫌孩子不用功，比不上別人家的孩子，前年除夕夜，他就是因此賭氣不肯拿壓歲錢。早知道他這麼早就走，我……」

在公車上，我聽到一位似乎剛作新嫁娘的小姐憂心地同她的朋友說：「我都不知道今年年夜飯怎麼辦？我都嚇死了，一家十口人全回來，我拿什麼餵他們？我是大嫂吔！」

在醫院的電梯間裡，一位吊點滴、坐在輪椅上的老先生，幾近懇求地問護士：「除夕夜能讓我請幾小時假回去圍爐嗎？」

護士白著眼，沒有好氣地回答：「你請假回去？那我呢？我留在這兒幹什麼？我值班吔！夠倒楣的！」

菜市場裡，一位富態的老太太在接受別人對她孩子的恭維後，以羨慕的口吻向另一位太太說：「我倒羨慕你哩！孩子全回來過年。我四個孩子都在國外，真後悔讓他們念那麼多書，到現在一個也不在跟前，有成就有什麼用？」

生死一線，時空兩遙遠。能夠團團圍坐下來，全家共守著一鍋滾燙的火鍋，原是人生最大的幸福。讓我們向打地鋪買車票的朋友致敬，讓我們欣然忍受堵車返鄉的不便，因為我們是同樣的幸運——老家有親人在守候我們回去；因為我們是有志一同——我們同樣珍惜親情、重視團聚。

——本文收錄於一九九四年一月出版《不信溫柔喚不回》（九歌）

你不知道我的成績有多爛

天色已暗，微雨中，母子三人在車水馬龍的杭州南路上，焦急地攔車。每每一部計程車即將行近，就被路邊竄出的人奪得先機。眼見即將誤了搭乘的火車時刻，我再也顧不得禮讓的傳統美德，半跑地追上一部車子，拉開後車門，這時，才發現車子的前座已然坐進一位西裝筆挺的男人。男人很和氣，經過短暫協商，我們決定共乘，車子先行前往火車站，再轉往男子的目的地——新莊。

和陌生人共乘在一個狹小的空間中，是除了乘電梯以外不曾經歷的事。為了感謝他的仁慈，我主動打開話匣子：

「先生在這兒攔車子，是住在附近嗎？」

「不是，我是在這附近上班，金甌女中。」

「老師嗎？還是職員？」

「是校長。」

「哇！失敬！失敬！是好鄰居哪，我們就住在你們學校旁邊。」

一旁靜靜聽著我們對話的女兒，突然興奮起來，對著校長說：

「哇！好棒！我媽說，以後我要念你們學校哪！」

半側著身子的校長，和藹地笑著朝女兒說：

「不會的啦！你媽會要你念北一女的啦！」

女兒天真地辯駁道：「你不知道我的成績有多爛。我媽說，我只能念你們學校。是真的！沒騙你。」

我尷尬地不知如何是好，偷偷拉了下女兒的衣袖，示意她不要亂講話，然後，齜牙咧嘴地陪笑道：

「沒有啦！小孩子不懂事，亂講話……」

女兒回看了我一眼，納悶地問我：「你每次不是都這樣說的嗎？有沒有？有一次在瓊瑩阿姨家，有沒有？還有……我哪有亂講話！」

我羞愧得只差沒從窗口跳出去；校長想是也不知如何面對過度誠實的孩子，只咧著嘴呵呵笑著。幸而車站及時到了，我踉蹌奪門而出，站在暗夜的路邊，忍不住哈哈大笑起來。兩個稚齡的孩子，面面相覷，不知所以，以為媽媽瘋了。

這是十年前的往事，那年，女兒剛念國小三年級。事隔七年後，女兒考高中，居然不幸而言中地被分發進了金甌女中。那個下著雨的夜裡，女兒那番天真又讓人尷尬萬分的言語，竟成為生命中奇妙的預言。

開學的第一天，晚飯桌上，女兒興奮地向全家人報告：

「今天有校長訓話，哇！還是那位校長哪！臉孔還是跟好多年前一模一樣！完全沒變！真的！」

——本文收錄於一九九九年四月出版《沒大沒小》（九歌）

錯過

每回開車去學校，都會經過兩個長長的隧道。

坐上車，我總習慣打開收音機，任憑主持人在另一端或臧否時事、或說笑話、或報導某個鎮上發生的小事。不管FM或AM台，家常的談話性廣播節目常常提供我許多和現實世界密切聯繫的管道；無論call in或call out，主持人和聽眾的互動總充滿小市民強韌、知足的色彩。透過收音機，每星期四次來回、總共約莫三個小時的車程，讓我對整體社會有更為深切的理解。台灣人的熱情，完全在廣播節目中展現無遺。就算只是請求提供去除衣上漬痕的小祕方，聽眾們都會奇異地熱烈響應。我每每會在節目中聽到聽眾call in成功時，激動到幾乎口齒不清地向主持人表達崇拜之意：

「我真的打通了嗎？今天真是太高興了！你們的call in電話好難打哦！……我已經足足打

了六個月了，啊！……你真的是×××嗎？今天終於皇天不負苦心人！我可以跟你要一張簽名照嗎？」

那種興奮的語氣，從收音機裡直撲我的耳膜，我常不自禁地被感染，因之在車內隨著情緒高昂起來。我從來無意也未曾呼應過主持人任何call in表達意見的號召，所以，對這些死忠兼換帖的聽眾那般九死無悔地在空中相隨，是感到無限好奇的。是什麼樣的人，會在茫然的空氣中，和一位可能素昧平生的主持人培養出相濡以沫的情感？

然而，無論哪一種話題，在我向學校或家裡前進的路途中，都無法避免地會遭遇到兩個隧道相繼到來的窘境。往往在笑話接近尾聲之際，車子竟駛進了隧道裡。密實的隧道阻斷了通訊，收音機的收訊經常變得相當微弱，有時甚至根本無法收到任何聲音。我總心急地將車速加快，希望在出了隧道後還能及時聽到一些關鍵內容，可是，卻老是失望。隧道實在太長了，所有的繁華彷彿都刻意集中在隧道內爆發，等我衝出隧道，常常只聽到笑話過後的狂笑，或ＤＪ在話題結束後所播放的音樂。

一位專家可能正分析到老人痴呆症的最重要成因；一位見解精闢、態度冷靜的聽眾可能正條述著生命的奧義；也可能是一位天真爛漫的年輕女子正泣訴著被棄的苦痛……總之，無論收音機內正傳送多麼吸引人的八卦或如何重要的新聞，一進隧道，所有人生的結果都注定成為無法追索的疑案！其後有幾次，為免錯過可能的精彩，我特意將車子暫時停靠隧道前的路邊，以便專注聆聽，卻發現結果也沒有符合預期。聽不聽，其實都沒有差別。奇怪的是，雖明知如此，每次行經隧道，我卻仍舊不自覺地加足馬力，就像急急奔赴一場繁華盛筵，唯恐稍遲了，就會錯過千種的風情！

——本文收錄於二〇〇三年十月出版《不關風與月》（九歌）

請問

火車站的服務台前，忽然衝進一位形色倉皇的乘客。

「小姐！今天下午到高雄的對號車，最早是幾點？」

服務台內的小姐，兀自在紙上無聊地畫著小人。

「小姐！你有聽到沒？今天下午到高雄的對號車，最早是幾點？」

小姐依舊不理不睬。乘客火了！怒斥：

「你是臭耳聾是否？我在問你話，你沒聽到嗎？」

「你才是臭耳聾哪！你問問題，一點禮貌都不懂嗎！你就不能加個『請問』兩個字嗎！」

服務小姐像是道德重整委員會的重要幹部，背負著教化人類的重大使命。

——本文收錄於二〇〇六年一月出版《公主老花眼》（九歌）

博愛座的聯想

原本只有稀稀落落幾位乘客的公車，經過一路的停靠招攬，逐漸座無虛席。接著上來一位六十開外的老太太，幾個博愛座上的乘客彼此經過一番打量後，一位自認資淺的男子率先讓座。再過一站，兩位白髮老夫妻相偕上車，經過剛才的那番諦視、比較，大夥兒已然心裡有數，虛長幾歲的安坐如山，兩位相對年輕的接踵起身，老人家慌慌安身落座，甚至連道謝都來不及說。就這樣，起起落落的，不旋踵間，博愛座上竟然名符其實地坐滿了婦孺老弱，就連非博愛座上也讓座了幾回合。

「怎麼台北市的老弱婦孺竟一窩蜂地趕搭上這趟公車呢！」我心裡納悶著。

這時，又有一位白髮皤皤的老先生上來了，該輪到誰讓座呢？我開始在心裡暗自仲裁著。以年齡看，當然該輪到那位三十餘歲的年輕女子，可她大腹便便不說，還帶著個活蹦亂跳的孩子，不行！再不然就那位正當盛年的男子吧！可我一上車就瞧見他座位旁杵著兩枝柺杖，應該是位不良於行的殘障者，理該就座，不該讓。再來就是剛才才被讓座的那位六十餘歲老太太了！果然，猶豫了幾秒鐘，那位太太起身示意老先生過來坐。老先生瞧見讓座的是位年歲不輕的太太，堅辭不從。兩人經過一番口舌論戰、行動拉扯，硬是都不肯就範，情勢頓時陷入僵持。老先生在口頭上明顯落居下風，不由來氣！說：

「我只是頭髮白些！哪就老到需要人家讓座呢？……我看您老人家就坐下吧！您也許還大我幾歲哪！」

老太太面紅耳赤地，吶吶不知如何應答，乾脆按了下車鈴，逃離高壽之辨的尷尬。老太太下車去了，老先生為證明他的健壯，即使被顛簸的車子甩得東倒西歪，還是拚死不肯就範，那位子便一直空在那兒。誰好意思在白髮蒼蒼的老先生面前公然落坐呢？

我不禁回想起近日幾趟搭乘公車的經驗，博愛座上的老人家似乎明顯多了起來。於是，朝同行的朋友說：

「聽說老人可以免費乘坐公車，老人福利越來越受重視了！等我們老了，應該會有更優惠的待遇。最近，坐公車，發現台北的公車越來越舒適、方便，司機的服務越來越周到，難怪搭公車的老人家越來越多！」

朋友聽了，睜大眼睛，不以為然地反駁我：

「你怎麼沒想到是因為經濟蕭條，大夥兒都坐不起計程車，才無可奈何地拖著老命來搭公車？……啊！老人社會真的來臨了！好慘！放眼看去，滿街都是老人家。」

這回輪到我吃驚了！我指著在站牌下等車的一群穿運動T恤的老人說：

「你瞧！老人雖然日多，卻越來越健康了！七、八十歲還可以行動自如地在城市裡搭公車，或者去運動、或者去揮國旗，四處遊走。每次看到老人坐公車，我想到的是醫藥的進步、福利的健全、公車的方便、交通的改善。你怎會以為是經濟不景氣？……啊！難怪我越來越發福，而你卻能保持苗條身材！原來你是靠悲觀來減肥的。」

車子靠站，我們前面的位子終於空出來。

「啊！運氣真好！還可以坐兩站。」我高興地說。

「好討厭！都要下車了，才有位子坐。」悲觀的朋友沮喪地說。

——本文收錄於二〇〇六年一月出版《公主老花眼》（九歌）

一「籃」幽夢

說起機車，我就有一肚子牢騷。

婚後沒多久，我們便一直以機車代步，兒子上大學時，老喜歡搶我的車子騎。對他而言，騎我的車子，其實是萬不得已的選擇。一百八十餘公分的身高屈居在五十CC的山葉小車上，就已經夠窩囊了；何況，車子前方還懸掛著在他看來罪無可赦的車籃。每回騎車，他總不辭辛勞地事先用螺絲起子將籃子卸下，為了那個車籃，我和他爭執不下數十次。

「到底那個籃子礙著你什麼！你非得這樣追殺到底！」我簡直是咬牙切齒了。

「你不覺得很醜嗎！有礙觀瞻嘛！騎出去，別人會笑死，看起來很猥瑣欸。」

我實在想不透車籃跟猥瑣之間是如何掛勾的，不過，我也深知年輕人有些奇奇怪怪的禁忌，並不是那麼在乎他拆下車籃以成全偉岸騎士的作法，重點是他總不肯物歸原處，將籃子重新歸位，害我下樓想上市場買菜時，常常還得重新上樓尋找被卸下的菜籃。對這點，他也有一番振振有辭的歪理：

「我拆、你裝，很公平啊！你騎著裝著奇怪籃子的機車毀壞市容、汙染市民的眼睛，是很不道德的行為，為不道德的行為付出一些代價是很公平的呀！」

當我氣憤地忍不住向學生投訴時，學生的反應倒是難得地很一致：

「機車上裝車籃？哈！哈！哈！……別逗了！虧老師想得出來！」

厚道些的，忍不住掩嘴竊笑；張狂點的，乾脆前俯後仰地哈哈大笑起來，彷彿我是行止詭異的外星人！然而，車籃之裝置於我而言是如此順理成章。可能是從小所騎的腳踏車前方都有那麼一只籃子懸著。因此，從買下第一部機車伊始，便很自然地要求車商附送一只籃子掛上，買菜、購物兩相宜。所以，儘管歷盡兒子的譏嘲、學生的駭笑，仍然我行我素，騎著裝上菜籃的機車滿街驅馳。

事猶未了，機車帶來的困擾方興未艾，外子戲稱它為「一『籃』幽夢」，各位客倌權且耐下性子，聽我細說從頭。

也許是公德心越來越低落，長期停駐路邊的車籃，竟逐漸變成路人甲或路人乙的流動垃圾場。由起始的偶一為之，逐日遞增，近年來，變本加厲的結果，已演變成無日不有。籃內的垃圾，五花八門，大體不外飲料鋁罐、空的鋁箔包、寶特瓶、速食包裝紙、紙杯、形跡可疑的衛生紙……這些廢棄物之所以被棄置於籃內，不難想像，宅心仁厚時，也能體諒這種行走於途、不易尋得垃圾桶的權宜之計。引起我的強烈不滿的，倒不是這些路過時順手丟棄的廢物。從三年前的某一天清晨起，車籃內忽然開始進駐一排又一排掏空了藥物的鋁箔片。每隔兩三天，便會出現二至三張。

「在什麼樣的狀況下，人們會將需要丟掉的藥盒、鋁箔片大費周章地攜出室外並丟棄在別人的車籃內？」

家人和我百思不解。依照我們的理解，同時丟出兩三張廢棄鋁箔片，想必是長期服藥者將藥粒逐日分裝過後的動作，為何不順手丟棄於自家垃圾桶中？何以需要刻意攜出置放他人之籃？難道這位患者以丟棄物件為名，行走路健身之實？如此則不免太把個人健康建築於別人的痛苦之上了。一個月、兩個月過去，這位病患還真是持之以恆，半年過後，鋁箔紙和藥盒仍週期性地每兩三天出現一次，頗富韻律感的。我們開始好奇起來，斯人也而有斯疾！除了我們認定的精神問題之外，他到底罹患什麼病症？於是，我們收集掏空的鋁箔包裝，上網查看藥品屬性。一種是Kintec（恩納比爾錠），專治高血壓和充血性心衰竭；另一種叫Avandia（梵帝雅），是胰島素增敏劑，可以增加細胞對胰島素利用，降低血糖，是治療糖尿病的。如此說來，這位仁兄應該是高血壓和糖尿病的慢性病患。同時罹患這兩種病症的，應該屬於高年齡層的吧！我如此猜測著並開始仔細觀察周遭的鄰居，想採取排除法擒拿嫌疑犯。

首先，隔著馬路的對門有一群老人常在芒果樹下聊天泡茶，會是他們之中的某一位嗎？嗯！應該不是。他們何必捨近求遠，馬路那邊的機車停車格裡不是也常停了一部裝了籃子的機車嗎！右舍那位老將軍呢？應該也不可能，依我對軍中袍澤的觀察，他們多半相當重視紀律，何況是身居高階將領，不可能做出這樣的事！右舍的嫌疑既然被排除，那左鄰如何？左邊的兩戶人家，恰恰分別都有高齡老人家。緊鄰的鄰長平常就熱心公務，對鄰居很友善，應該不會縱容家人造成別人的困擾才是；那就剩下那位常在機車上留言恫嚇大夥兒不要在他家圍牆邊停車的老先生了！他短小精幹，雖然已經年過九十，依然生龍活虎地從事辦桌本業，聽說輕易就能變出五、六桌香噴噴的酒菜，可看不出他身體有何異狀。外子說：「高血壓和糖尿病的慢性病患者從外表是很難辨識出來的。」我追問他是否也懷疑凶手可能是這位老先生？外子卻又閃爍其詞說：「我可沒這麼說。」那麼，這位居心叵測的病患到底是何方神聖呢？我用懷疑的眼光打量路過的每一個人，當然，在我灼灼鷹眼的探照下，那位九十高齡的老翁一直是頭號嫌疑犯，雖然，每回照面時，我還是面露笑容，和他親切地打招呼，其實，暗地裡懷抱一副怨毒的心腸。

在心裡嘀咕了一年之久後，事實證明我識人不明、胡亂栽贓，因為直到這位老伯伯過世後，那些煩人的藥盒猶自日復一日安靜地躺在我的車籃內，顯然我白白冤屈了這位勤奮工作、至死方休的可敬老人。唯一的變化是，Avandia（梵帝雅）的鋁片在某日的清晨被Diamicron（岱蜜克龍）所取代。我不知道這位神祕的病患為何改換藥方，一度曾懷疑此人是否病情加劇，頗替他憂心的。雖然我們素昧平生，但因為一張又一張的藥殼子的牽引，也算是有緣了。我們全家人都很關切他的健康，上網查詢，也無法確切解讀他換藥的原因，只知道新藥的主要成分為Gliclazide，主治第二型糖尿病（非胰島素依賴型糖尿病），不過，網路傳說此藥應該要撤出市場，因為近半年來有研究認為患者服用後可能增加缺血性心臟病罹患率，也就是它會提高病人心臟病發作的風險。我們十分擔心這位病患或許疏忽了此項資訊，雖然我們如此憎惡他帶給我們的困擾，但是，憑良心說，我們還是由衷祝福他的病情能得到有效控制。幸而，半年之後，我們由他遺留的藥盒發現他改服克醣錠，至於為何慶幸他改了藥方，我也說不出個所以然來，也許是受了那則未經證實的網路傳言影響吧。

三年過去了！這位意志力堅強的病患似乎有心追著我們的機車跑，我們曾試著轉移機車的停駐地點，然而，可能因為仍在方圓幾十公尺之內，所以，總是無法逃脫他的魔掌，藥盒子固執地追索著我們那輛機車，從嶄新直追到破舊！鍥而不捨。車籃子經過風吹雨打，開始鐵線生鏽、螺絲鬆脫，甚至嚴重扭曲變形，承蒙這位病患青睞，不離不棄，有時想起來，也不免要被他的專情所感動。然而，到底是哪位仁兄呢？這樣不厭其煩地、堅持地偷偷做著同一件有損公德心的事，持續三年之久，毅力實在堪稱「驚人」了。難不成和我們曾經有過什麼樣難解的過節不成？是積恨使然麼？有時對著那些藥殼子嘆氣時，竟然會變態地疑心某個我所不知道的窗口正有一雙眼睛賊賊地注視著，且對我的無計可施打從心裡痛快地幸災樂禍。當這麼想著時，又激發我必欲擒凶的決心。

「就只能這樣坐以待斃嗎？難道沒有什麼方法可以解套嗎？」

外子提出看似可行的方案：

「把籃子拆掉不就一勞永逸了。」

我才不答應！這是何等怯懦而消極的應對，我主張對惡勢力得採正面迎敵方式，寧死不屈。於是，心生一計，決定和隱形敵人展開對話，我用黑色奇異筆在A４的白紙上溫情喊話：

「親愛的鄰居：車籃並非垃圾桶，請勿在籃內丟棄廢物，也包括藥盒子。拜託！拜託！誠心祝福你早日恢復健康！車主敬上」

經過縝密的觀察和理性的歸納分析，那位神祕客應該不是夜貓族（因為我曾從四樓整夜目不轉睛地往下看，都沒有任何發現，直到累得小瞇片刻後下樓，卻又有數張鋁箔片盤據籃內），而是靠著黎明的掩護遂行他的例行性犯罪行為。我本該堂而皇之地下樓張貼對話的，卻不知為何也跟著賊頭賊腦地偷偷摸摸起來。夜黑風高之際，我悄悄將那張Ａ４的留言用膠帶黏貼在籃子上，期望得到善意的回應。誰知，天不從人願，夜裡忽然下起一場豪雨，次日，那張充滿偽善語詞的紙張睜著模糊的淚眼回望著我時，我忽然氣憤自己實在太膽小、太窩囊了。我幹麼得這樣低聲下氣地奉上祝福給一位莫名其妙的小人！於是，改弦易轍，我寫上措詞強烈的譴責，讓不敢以正面示人的鼠輩嘗嘗被唾棄的滋味。於是，Ａ４紙上的字詞傳達出十足的憤怒：

「可惡的老賊：有膽將藥盒丟棄在別人的車籃內，卻不敢以真面目示人，到底是何方鼠輩，再這樣，就別怪我詛咒你的病情越來越糟了！」

第二天，我忽然一反常態地在清晨驚醒，愧赧之念在晨曦中迎面襲來，幹麼用這種嚴厲且不敬的口吻對付已經夠可憐的病人！不是說「惻隱之心，人皆有之」麼？我這算什麼教授！一點也不溫柔敦厚，虧我還念了一肚子古聖賢書。萬一那位仁兄看到我的留言後氣急攻心，後果可不堪設想。別人不仁，我豈能跟著不義！我急急下樓，唯恐悲劇已然發生，誰知籃內空空如也，連被牢牢黏住的那張警語也不見了，我如釋重負，慶幸粗暴的文字隨風而去。然而，問題還是沒解決，我生性樂觀進取，雖沒有那位仁兄那般堅苦卓絕，卻也不是輕易屈服之輩。於是，再接再厲的，援筆寫下自認措詞尚稱得當的幾句話：

「罹患心臟病與糖尿病的先生：想你應該聽過『己所不欲，勿施於人』的話，如果你能履踐聖人的格言，將空的鋁箔及藥盒子留在自家的垃圾桶，而不擺進車籃內，造成我們的困擾，我們會十分感激，也樂意誠心祝福你早日康復。車主上」

女兒看了，笑得前俯後仰，說：

「媽！寫得太文謅謅了啦！誰管你什麼『己所不欲，勿施於人』的。」

我不管！雖然不知敵人的動向，做人的基本風格還是得維持著。這回，我不好意思自己去張貼，抬出母親的威權，脅迫女兒連夜去從事。

沉默數天的外子，終於也沉不住氣了。他不以為然地指正我：

「奇怪欸！為什麼你在紙上稱呼他是『罹患心臟病與糖尿病的先生』？你怎麼認定他一定是男的？你又沒見過他！」

經過這一提醒，我才恍然發現自己腦海中的嫌疑犯，的確從頭到尾都是男性，難不成在我的潛意識裡，確實對男人懷抱成見？可我才不願意承認歧視男人的罪名！於是，再度發揮狡辯的專長：

「你不知道先生是個中性字眼嗎？稱呼男女都可，你忘了？比較有成就的女人，最後都被稱呼作『先生』！譬如：作家林海音就被稱作林先生……哎！你到底怎麼啦？為今之計，最重要是齊心克敵，你就別節外生枝、鬧內訌了！」

外子一向口拙，知道所有和太太的爭辯，橫豎到最後都是輸，也就只好鳴金收兵。

次日，一早出門的女兒，在樓下按著門鈴，大驚小怪地說：

「媽！沒用啦！還是有好幾張鋁箔片丟裡頭，就擱在那張紙上面。」

我把鋁箔片扔了，將紙張弄端整些，依然貼著。第三天，機車無端倒地不起，我很小人地認定此事不尋常，感嘆世風日下、人心不古，連這樣溫婉的詳言都無法讓他改過遷善，可見這人真的病得不輕。

然而，又能如何呢？我又不能日日徹夜守候，來個人贓俱獲。朋友建議裝置監視器以利甕中捉鱉。可是，為了捉拿區區一名罪行輕淺的嫌疑犯而不惜重金購買昂貴的監視器，連傻瓜都知道不符成本。我本來絲毫不作此想的，但是，兒子從南美洲回來後，另謀新職，居然在外銷監視器的公司謀得一職，陡然燃起我的一線希望。在閒聊時，我若無其事地說：

「貴公司的牆角應該有不少被淘汰的監視器吧！你們公司都如何處理？」

兒子警覺性特強，防禦心顯然過當，立刻毛髮盡豎地問我：「你不會要我做犯法的事吧？我剛進去怎知他們如何處理！媽，你不要太過分哦！我可是個廉潔的人，絕不貪汙。」

這樣解讀母親的話，簡直是對我人格最大的侮辱，套句近日的名言：「真的很超過！」我豈是那種偷雞摸狗之輩！不過探問可有賤價出售的次級品而已，竟引來兒子如此的疑慮，顯見近日所有台灣之子都充分體認被母親「指示、支配」後的嚴重後果。不知是否受到此事的影響，幾天之後，兒子不聲不響地辭職，和監視器徹底切割，我也因之斷了裝置監視器緝凶的念頭。

接下來的日子，我們閉門苦思對策。女兒建議在籃子上加蓋，「他難道就不會放在蓋子上？」不行，提議被否決。一向溫厚的外子可能也真的被惹惱了，竟然提議在籃子上通電（誰說最毒婦人心！）兒子笑說：「第一個被電到的絕不會是別人，鐵定是一向糊塗的媽媽。」我陰陰睨了外子一眼，懷疑有人想挾怨報復！立刻加以封殺。我到學校集思廣益，男學生甲說：「這有什麼好煩惱的！就把那些垃圾丟到地上就行了！」女學生乙掩著嘴竊笑，小聲地說：「我都把它丟到別人的籃子裡去。」啊！真氣人！怎麼我就是沒辦法這樣率性呢？

想來想去，既然敵人藏在暗處，拿他一點辦法也沒有，最後，我也不得不豎起白旗認輸——決定將籃子拆了，以絕後患。誰知那只籃子還真是比我硬頸、倔強，它就是不肯投降！嚴重生鏽的螺絲釘怎麼也轉不開，看似腐朽變形的籃子，卻有著鋼鐵般的戰鬥意志，我耗掉了一個早上，只能無功而返，任憑它歪曲著身子盤據著。連籃子都不聽話，存心欺負我！這回，我算是同時見識了兩個狠腳色了！

只不過是幾張廢棄物，卻讓我對這世界感到心灰意冷。「人善被人欺，馬善被人騎。」難怪我死去的母親生前經常如此喟嘆。從那日起，三年來，不辭辛勞、規規矩矩地收拾廢物、拎上樓去丟進垃圾桶的美德受到重創，我感受到前所未有的疲憊，決定不再為這樣可惡的人善後，我任憑鋁箔片和藥盒子原封不動躺在籃內，騎車時，發動引擎，向前疾馳，那些廢棄物紛紛自動從籃內飛奔出去，落在身後的台北街道上，我採取的是老莊的「無為而治」。

「去他的溫柔敦厚！去他的公德心！」垃圾迎風飛舞，我大聲沿街呼喊，雖然臉孔被一張迅即飛出的尖銳鋁箔片畫出一條猙獰的血痕，卻充分感覺道德淪喪後自暴自棄的暢快淋漓。

——本文收錄於二〇一〇年一月出版《純真遺落》（九歌）

熱情的回應

老師當久了，很注意學生的反應。上課時，講了笑話，沒人發笑；或是講到得意處，卻沒人點頭，都是很大的打擊。有一些學生很頑皮，有時會故意在老師的笑話結束後，提高音量說：

「今天的值日生是誰？應該出來負責任，別想逃避！」

然後，會有一陣乾笑從某個角落傳來，繼之全班哄堂大笑，這種反應著實讓人啼笑皆非。教書時，最受老師歡迎的學生莫過於那種頻頻點頭、不時還前俯後仰大笑的學生。教了幾年書過後，我才恍然大悟，當年我熱烈地以笑聲和點頭、思考等肢體語言回應老師的教導，曾經鼓舞了多少教授的士氣。

需要適當的回應來支持熱情的，還不只是教授或舞台上的演員之類的。人入中年後，我經常做些看似不大容易得到回應的事情，譬如，寫信去舉發因行為粗魯而傷害老乘客的司機、打電話去車站檢舉強索公廁清潔費的行為、或是多事地告訴交警隊某個路口的直角轉彎標示不明……諸如此類頗為婆婆媽媽的事。你會發現，大部分的投訴或建議，常常石沉大海；若非石沉大海，就是給自己惹來很大的麻煩。譬如：對方總會要求你親自出馬，移駕到很遠的地方，去填一張很小或者無關緊要的文件，善盡舉證的責任。往往衡量過麻煩後，便會自動打消這種「造福人群」的行動，減損了淑世的熱情。

前年二月，我們舉家到深圳過年。在高雄國際機場候機的當兒，看見候機室的各個角落，都設置了意見箱。趁著空檔，我的姊夫正經八百地填著意見表，認真地履行著一位良好公民的義務。我深受感動之餘，也策動了外子，分別提供幾條明顯的缺失。譬如：大白天室外居然仍燈火通明，實在浪費能源；通往室外的大門，沒有「推」或「拉」的標示，導致許多旅客盲目推拉，造成不便；室外花草蒙塵，看起來無精打采而且髒兮兮，有損國際形象；自動櫃員機數量太少，導致乘客大排長龍，心焦如焚……等。我們覺得這些事情雖小，影響卻大，不容小覷。記得那天是二月四日，農曆除夕。

旅遊歸來後，我們都忘記了這件事。沒料到二月十七日我們居然真的收到來自交通部民航局高雄國際航空站的來函。信裡除了表達謝忱之外，並針對所提意見加以回覆，例如應允盡快裝置「推拉」標誌、責成操作人員切實注意能源浪費問題、加強灑水以改善蒙塵花草並和台銀、中國商銀研商增設櫃員機的可能等……接到回復的信函，不但讓我們充分感受到得到回應的快樂，而且馬上重振士氣，恢復對社會的信心，決定永保赤子的天真熱誠。

雖然只是一封簡單的信函，卻代表了改善的誠意和對人的尊重，這些正是一個文明的社會所不可或缺的德行，我們除心嚮往之外，也樂於向讀者推許。

——本文收錄於二〇一〇年六月出版《五十歲的公主》（九歌）

十三歲的夏日驚奇

轉學到台中師範附小以後，母親捨不得讓我搭火車上學（我姊姊當時擔任觀光號小姐，可以為我申請免費火車月票），因為距離較遠，得走長路。於是，我每天搭公路局班車，到第二市場下車，再徒步前去上學。

當時民風保守，男女學生嚴禁交往，是所有乖與不乖的學生都知道的。

應該是夏季的某一天，鳳凰木排排站，花朵像一隻隻紅色的蝴蝶飛舞著，幾乎把整個天空都染紅了。晨起上學的我，惺忪著睡眼，坐在中排靠窗的位置。一時不知被掠過的什麼東西吸引住，驀然回頭尋索，竟然不小心看到車子最後一排的位置上，一對年輕男女正激吻著。

驚嚇之餘，立刻扭過頭來，雖只是驚鴻一瞥，卻印象極其深刻，女生穿著的正是台中女中的制服，而那位男子則是穿著卡其制服的省一中學生。

心臟噗通噗通地跳，不是我情竇初開，而是對兩性激吻的畸形厭惡及道德性的譴責。「可惡！好大的膽子！居然瞞著家人在車上做出逾矩的事！」我打從內心深處鄙棄這兩人，甚至覺得他們罪該萬死。「一定會接受處罰的！老天不會坐視不管的。」當時，我這麼咬牙切齒地想著，捍衛著被深刻教導的性別藩籬。

至今不明白那位台中女中的學生那日何以出現在公車上，因為等到我考上女中後，發現她也混跡在通學的火車上，而我驚怖地發現：隨著歲月的逝去，那位升上高三的女學姊的眼皮，竟越來越往下塌。

幼稚無知的我，暗自下了斷語：「果然老天看到了！」一方面覺得老天有眼；可是，一方面又深感不安，好像我的詛咒真的生效，我成了這樁老天審判案件的提告兼見證人。雖說法網恢恢，沒有人被冤枉，但是那樣嚴厲的處罰是如此讓我膽戰心驚。才一年多的時間，女子的眼皮竟逐漸沉重到終至雙眼只剩細細一抹了。

每回，坐在車上，只要看到她奮力睜開下垂的眼皮和她的同學說話，我便不自禁萌生愧疚感。隨即又自我寬慰：「那不干我的事，是她自找的。」然後，學姊畢業了，不知去向何方，不知經過有效治療了沒？而我至今仍耿耿於懷，覺得欠她一個說法。

雖然，她可能從頭到尾渾然不覺有一雙眼睛一直追隨著她。

——本文收錄於二〇一二年八月出版《為什麼你不問我為什麼》（九歌）

人生，不是過瘦就是過胖

年少時的我，非常瘦。即將結婚時，外子向任職單位報備，需要一紙體格檢查表。我的體檢表格首頁，入眼即是一個讓人非常羞恥的數字：體重三十九公斤。禁不住我苦苦哀求，護士將「三十九」改為「四十」，她鄙夷地嗆說：「對身高一百六十公分的人來說，四十實在太輕了！就算多加個三、四公斤也不會好看到哪裡去！」

我聽過一個有關「瘦」的敘述。在人馬雜沓的永和市場裡，詩人Y用腳踏車載著他年輕且羸弱的妻子前行。因為人多，腳踏車左彎右拐、時走時停，Y先生吹著口哨前進。忽然，遠遠看到福和橋上一輪即將升起或沉落的太陽中央，他的妻像一縷魂樣正朝他搖晃著細瘦的手。他大吃一驚，回頭尋找，腳踏車上早沒了妻子。原來太太害怕腳踏車不穩，慌慌跳下車，詩人絲毫不覺，依然往前走；人聲吵雜的市場內，根本聽不到後方妻子著急呼喚的聲音。妻子因此招了計程車越過他，趕在福和橋上候著。人瘦到讓人完全不覺輕重的地步，算是瘦得很嚴重了。

我則親眼目睹過一個瘦得像是木偶的女子，站在自家門口，正轉身朝裡屋走去。我騎著摩托車，被她的瘦嚇得魂飛魄散，不信邪！將摩托車轉向回頭，再探一次。那女子逐漸往暗裡走，白色的衣衫零落掛在突出的骨骼上，在黑暗中飄過來、晃過去，像個被耍弄的偶人，真是好不駭人！

結婚那年尚未流行紙片人，我生不逢時，常為過瘦煩惱。如今，滿街瘦伶伶還在聲言減肥的女子，我又為幾年來增長的成果愧赧著。一回，到南部演講，學生前來探問，看著我，笑到樂不可支。她說：「老師！你還記得以前曾經跟我們說：『胖，是一種不可原諒的墮落行為』嗎？」我苦笑著，承認年少輕狂，即刻改口：「胖，絕對是一種正常的人生發展，沒什麼好疵議的。」

人生，沒那麼如意的！不是過瘦就是過胖。

——本文收錄於二〇一三年八月出版《在碧綠的夏色裡》（九歌）

走在秋天的路上

去年秋天，我們仨走了趟杭州和上海。俗云：「若把西湖比西子，淡妝濃抹總相宜」，西湖的美景自然是不容錯過的。我們先徒步去最原味兒的沿河小街逛了五柳巷，一派黑瓦白牆的江南風光，美麗的街景讓我們耗去了不少體力。接著直趨西湖。沿途請教，都說：「西湖！不就在前方嗎？」以至於讓我們錯估形勢，原來當地人所謂的「前方」，跟我們的標準相去太遠，怎麼走，西湖都仍在「前方」，真是讓人納悶。

天氣實在熱，像進到烤箱般，我實在受不了了，提議進到路旁大氣派的銀行內稍事休息。寬闊的銀行內，幾個窗口的男女一逕直視前方發呆，有幾位目光已然近乎呆滯；警衛倒是目光炯炯的，看來所有人都正等待著顧客上門。外子朝我小小聲說：「生意很差，進去會很尷尬，他一定問你要幹麼！你好意思只是去吹冷氣？」我才不管，撇下他們父女倆，逕自推門進去。

果然，警衛率先喜孜孜過來問：「請問您要辦什麼？」我說：「不辦什麼，純粹進來吹吹冷氣，可以嗎？」警衛沒料到我這樣老實吧？愣了一秒後，隨即笑起來說：「可以！可以！請那邊兒坐著休息。」我朝他說：「天氣真熱，實在受不了。」他忙不迭地附和：「是啊！天氣好熱。」就座後，我轉過頭朝後方敞亮窗口外的父女倆招手。女兒猶疑著，最後還是跟進來了。一名女子捧過來一杯酸梅湯，我只回頭接過，再轉過頭去，外子已然消逝在視線範圍外。

後來才知道，他羞愧地在西湖大道上勇往直前，不敢回頭。我取笑他：「我知道你急急走開，一方面是怕我丟你的臉，一方面是怕被抓進去負責任——要你存些錢進去開個戶頭。」外子只說：「反正你是廖大膽，你總是說些別人不敢說的話，我是怕了你。」

從銀行出來，繼續前行，瞥見公交站牌，靠過去一看，才知還遠著哪！只好耐心等候七號公交。才上車，一位男士立刻在外子靠近時起身讓座，外子大受打擊。他回頭問我：「你要不要坐？」我不假思索回他：「我不坐，我還年輕。」事後，我跟外子稱讚杭州的年輕人有教養時，他才向我吐露了兩年前的另一樁傷心事。

那回，我們一起去北京，我在旅館評審兩岸溫世仁武俠小說獎時，他一人搭乘北京公交去遊王府井。正在公交上東張西望，忽然傳出司機大聲的廣播：「那位穿藍衣服的年輕人，請你讓位給你前面的老人家。」他還不知究裡，直到他前面的年輕男子請他坐下，他才知道原來廣播裡所指的「老人家」正是他自己！簡直震驚不已。因為，當年他在台灣還沒有人給過他敬老待遇，他一直覺得自己還挺年輕的。這回，又在大陸接受讓座，讓他徹底感受老之「已」至，備感惆悵。

非假日，西湖卻仍人潮洶湧。我們搭乘遊園車，繞湖半圈，聽了曲兒，看了戲，喝了廉價咖啡，完成「到此一遊」的宿願。黃昏，從西湖回旅館，攔了計程車。司機一聽說到車站附近的歌德大酒店，都齊聲說「交班了，不順路。」然後，飛車馳去。原來該地段黃昏大塞車，只好又勉力走到前方站牌下等待。雖然搭遊湖車逛西湖，但一整天下來，既炎熱，腳又痠痛。上了擁擠的公交，真希望眼下坐在博愛座上那位佯裝忙著埋頭撥弄iPhone的年輕女子能抬起頭來看看我，我好想跟她說：「我真的不年輕了！六十好幾了！可以坐博愛座，你要不要讓讓？」外子笑著低聲朝我說：「要麼這樣：以後你出門坐公車，請隨身攜帶一頂白色假髮備用。」

晚間，上「皇飯兒王潤興酒樓」吃晚餐。三個人點了四道菜：白切雞、魚香茄子、菇炒蘆筍、麻油筍干和一瓶啤酒。接待點菜的年輕女孩仍杵著不動。我說：「這樣該夠了吧？才三個人。」她回說：「你點的都是素的，不夠吧！」我只好加點一條桂魚，一臉嚴肅的女孩這才勉強收起菜單。臨離開前，我笑著朝她說：「小姑娘，如果我們吃不完，你得負責過來幫忙吃哦！」她那霜凍著的臉霎時開出一朵花來。

次日，即將奔赴上海，受限搭乘動車的時間，飯店禮賓部服務人員建議我們去不遠處的批發服飾商場走走，見識常民的生活。在商場裡，聽到幾個有趣的對話。

其一：一位女店員對著在鏡前試穿衣服的女士說：「這件衣服的好處就是穿起來跟沒穿一樣。」不知是否我敏感，覺得那位女士彷彿被看穿般驚惶地在鏡前閃躲了一下。

其二：我拿了件短袖短洋裝問價錢，店員說一百八十元，女兒另外取了件長袖長洋裝問，店員說一百九十元。我不服氣說：「哪有這樣的道理，同款質料，那件長的，布料少說多出一半，怎麼才多十元？」店員回說：「長短不是問題，價錢不是長短決定。」轉了一圈，我取了件夏天的薄外套，「三百塊錢。」店員說。女兒拿了件毛料冬日外套，「三百塊錢。」店員複述著。怎麼厚外套和薄外套價錢竟然一樣！我又抗議。「厚薄不是問題，設計決定價錢。」店員又說。

女店員好有學問又好會應變，我當場佩服得五體投地。

其三：商場的擴音器播出廣播電台的談話性節目。主持人說：「如果你在商店裡買東西受氣，一時沒答上話。晚上回家睡覺時，才想起該怎麼答，你會怎麼辦？現在我們請到某某某來告訴你她的妙招。你好！某某小姐……」

我聽得入神，這麼常見的重要議題，超期待她的妙招的。可惜，此時忽然來了大批人潮。我在廣闊的商場空間中急急跑過來、跑過去的，就想在吵雜的市聲中尋找一處安靜的所在，聽聽睿智的妙招，卻沒有能夠，斷斷續續的廣播終究被吵雜的人聲給淹沒了。

到底是怎樣的妙招？我白天、晚上反覆的思考，卻怎麼也想不出來，當場列入此行重大遺憾之一。

這趟大陸行，最大的驚奇在最後一站—浦東機場。

因為到得早，我們找到了64gate附近的信用卡國際機場貴賓室。我出示外子和我的機票及我的信用卡後，服務員說：「那先生的信用卡呢？」我說：「先生的信用卡沒帶出來，我是他的副卡，機票是在台灣用他的卡刷的。」

服務員抱歉地說：「沒帶卡就是不行，我們無法向上級交代，要憑卡號的。」她頓了一下說：「不過，先生可以付費進來。」

「付費？付多少錢？」我問。

「七百五十塊錢。」

外子和我大吃一驚，很快心算了一下，約莫台幣三千六百元左右。「開什麼玩笑！」我心裡想。

外子急忙說：「那你一個人在這兒，我不進去。」我知道他省錢，不勉強他，但我遺棄他在外頭，自己一人享福，好像挺不人道的。正猶豫著，外子已經奪門而出。我其實只是想上一下網，跟台灣的女兒打個招呼、報平安。於是，便找了個座位坐了下來。

貴賓室不大，約莫有一、二十個座位，座位前的小桌上都有一部電腦，空間的正中間羅列了些生力麵、開水、餅乾、咖啡與罐頭汽水、可樂之類的，極為簡陋。沒想到景氣如此之壞，記得幾年前在香港、歐洲、甚至台灣的貴賓室，除了這些東西外，還有現煮牛肉麵、水餃、蘿蔔糕、可口的糕點……如今竟然淪落到如此境地。我邊感嘆，邊摸索著打算上網。豈知，完全不知如何操作。我到處摸索，怪道！沒有鍵盤、沒有滑鼠，我在螢幕上用手指滑過來、滑過去，一點動靜也沒有。再細看，好像也沒有主機。「難道我已經落伍到無法操作國際機場的先進電腦？」我覺得丟臉極了！可又不相信，趴到桌子底下找，啥東西也沒有，只找到四隻桌腳！

無奈之下，我到櫃台尋求援助。「抱歉！我真是太落伍了，不知道如何操作你們這兒的電腦，可以請你幫忙嗎？」小姐笑起來說：「讓我幫你的忙吧！你是用手機上網還是電腦？」「電腦。」我指的是她們的電腦，但小姐卻看向我的筆記型電腦。「桌上電腦怎樣運作？」我邊取出自己的電腦邊問她。她笑說：「那個電腦只是裝飾用，沒有主機。」「沒有主機！只是裝飾用？」我不禁大叫起來：「不是我太笨！」「絕對不是。」她肯定地說。她後來好像又補充了什麼樣的沒有主機的理由，我無暇細聽，只覺得這真是本世紀的最大神話！有點兒像國王的新衣，又好像比喻不甚恰當。

我喝了杯淡而無味的咖啡、跟女兒報了平安後出來，看到外子正在空盪盪的成排座椅間發呆。我想了想，不敢相信這樣服務的貴賓室要收費七百五十元人民幣。再度跑進去問，小姐說：「我沒說清楚嗎？是台幣七百五十。」就算是台幣七百五十元，也算是搶錢吧！我默默走近外子身邊，覺得自己像個變節的不忠實女人。很不值啊！「疾風知勁草，板蕩識忠臣」，而我只為了一杯淺薄的咖啡，在沒有疾風、也非板蕩的時刻，留下了可恥的遺棄紀錄。

終於從中國回到台灣！奇怪的是，一路上心裡想的只有兩人：媽媽和孫女。看到美好的風景，想到的是：「要是媽還在多好！我們一定帶她來。」或：「小龍女再長大一些，我們就帶她一起出來玩。」看到商店牆面上一整排的玩偶。我應該會跟女兒說：「外婆看到會好喜歡！我們若買回去送給她，不知道她會多開心哪！」跟外子說：「小龍女不知道會不會喜歡這個？對她而言，這玩具會不會太大了？這材料對她來說有沒有危險性？」

吃到好吃的東西，一定喟嘆著：「媽媽會喜歡吃這個的，我知道，她如果還活著就好了。」一期待著：「什麼時候小龍女才能跟我們一樣吃這、喝那的？這麼小的嬰孩只能喝著一成不變的奶，多乏味、多可憐啊！」

媽媽永遠過去了，小龍女還有長長的未來。人生就是這樣遞嬗著，像春夏秋冬，而我們走在秋天的路上，半點不由人哪。

——本文收錄於二〇一三年八月出版《在碧綠的夏色裡》（九歌）

從冬天開往春天

高鐵通車，似乎象徵一個新時代的來臨。流線造型的高鐵，有著亮麗優雅的外觀、寬敞潔淨的車廂及各項前衛周到的設施，即使票價較傳統交通工具稍貴，都不改國人對它殷殷的期待。高鐵是繼一九五〇年代台鐵引進飛快車，將西部走廊的行車時間縮短成五個多小時的陸上交通時間與空間革命後，再度以九十分鐘走畢全程刷新紀錄，台灣島內的時空距離將再次縮短，人們稱這是台灣陸上交通的第三次劃時代革命。這個島上重大「行」的變革，已連帶引發居民食、衣、住及育、樂習慣的變化。

台灣在一夕之間變小了！一個半鐘頭間，可以從台灣頭直奔台灣尾。平時，即使是在台北市區內，如果遇到塞車，從東區到西區，也需花上同等的時間。時速三百公里的高鐵顛覆了人們對蜿蜒徐行的鐵道的想像，它更像是飛機，用衝的、用飛的，不像小時候我們老形容火車氣喘吁吁地「爬過」山頂。二〇〇七年前，尚未搭乘過高鐵的我，屢屢納悶坐在高鐵內，窗外的景致急急橫掃過瞳孔時，是「歷歷在目」？是「驚鴻一瞥」？還是只呈現一片模糊的色塊？其後，親自搭乘，才知景致依舊悠然，漠漠水田一直延伸到天際，尤其途經中部，大王椰子矗立守護簡單的四合院，讓人萌生歲月靜好的溫暖情懷。坐在高鐵上，可以綜觀台灣南北風情，每穿越一個隧道，便出現一個驚喜，近處或是綠油油的稻田，或是黃澄澄的油菜花田；遠方或是一抹微雲，或是一列徐行的火車；鷺鷥、漁塭、竹叢、山陵、煙囱、橋樑……唯一的瑕疵是：因為隧道收訊不易，一通電話可能講得肝腸寸斷，每隔幾分鐘就斷線一回，一則曲折的八卦新聞，峰迴路轉的，時而柳暗，時而花明，要聽到結局，可真是得大費周章。幸而，在高鐵上接到的電話往往是即將前來聽我演講的昔日學生所捎來的殷勤問候：「老師！您現在到了哪裡？」「老師！您需要我去高鐵站接您嗎？」「老師！迫不及待要見到您了！」言簡意賅，通常不會超過兩個隧道間的距離，卻讓我情緒陡然高漲！愉快的心情至少一直延續到南北來回兩個車程。

高鐵將台灣縮小，卻將民眾的生活圈擴大。倘設心血來潮想吃一碗道地的嘉義噴水雞肉飯，順便到公園內的射日塔去三百六十度鳥瞰全嘉義市日夜美景，從台北搭上高鐵，只需花費一個多鐘頭就行了；居住在台中的人到台南去教書，如果不嫌麻煩，早去晚回也無不可；

高雄人到新竹去讀書，高鐵能幫助你在一個半鐘頭間端坐教室內聆聽教誨；若想天黑之前看看苗栗大湖雪霸國家公園國寶魚的「櫻花鉤吻鮭」，也無須一早出發，可以睡飽喝足，再從容上路。

早年，長長的火車蛇行過蜿蜒的鐵道，一路徐徐向遠方駛去，橙黃、柳綠遍野的鄉村景致；高樓、電線桿林立的都會風光，電影裡的火車一逕承載著人們對旅行的渴望和鄉愁，火車是一種神祕和富於變化的交通工具，汽笛的悲鳴，讓人產生既悲傷又充滿期待的聯想，是中外導演都非常青睞的素材。日本導演小津安二郎對火車堪稱情有獨鍾，《父親》、《彼岸花》、《浮草》、《浮草物語》、《東京物語》、《早春》……等片子，若不是都結束在火車上，就是火車出現在最終的場面中；他如希區考克、黑澤明、木下惠介……等人，也似乎都為火車著迷。無論是通俗或藝術，火車是電影、電視的常客，車窗外彎曲迤邐的農村景致，提供電影賞心悅目的美麗場景；車廂內擁擠雜沓的萍聚之眾，建構的駁雜纏繞人際關係，在在潛藏著導演們豐沛的戲劇靈感。波蘭導演耶爾齊・卡瓦萊羅維奇（Jerzy Kawalerowicz）的《夜行列車》、薛尼・盧梅（Sidney Lumet）的《東方快車號謀殺案》寫盡車內旅客詭奇的心事；日片《鐵道員》專意描摹鐵道員工的敬業執著，侯孝賢早期作品特別喜歡捕捉列車後方鐵道逐漸逝去的惆悵。同樣行走在鐵軌上，有人注意繁複的摩擦，有人著眼純粹的溫情。

畫家李欽賢先生曾出版一本題為《車站四季》的畫冊，用畫筆和文字記錄了四十個曾經鐵輪轉動、卻已年華老去的驛站。上弦月高掛的木造火車站，從小窗口內透出暈黃的燈光，如今看來，竟有如白髮宮女話天寶了！相較於高鐵站建築的挑簷、複層玻璃帷幕、鋼桁架和不鏽鋼弧型造型斜屋頂板，昔日的火車站平實、寧靜、溫婉，一如童話故事裡的溫馨小屋，而高鐵站則有星際宇宙的格局。敞亮冰冷且挑高空間的車站內，一樣人來人往，雖少了幾分親切與優閒，卻多了些清靜與紀律。旅客如果心情不佳，不想和人接觸，可以選擇只和機器打交道，不必在窗口排隊購票；月台上也不會有賣東西的小販跟你兜售便當和零食。不過，如果朱自清的爸爸膽敢躍下鐵道去買橘子，包准不是立刻被輾斃，就是當場以妨害公共安全被逮捕。

早年的火車，如蛛網般交織在台灣的鐵道線，曾伴隨著許多人成長。我第一次坐火車，約莫是小學三年級時的郊遊，從潭子到后里，猶然記得回來後的作文裡，寫著：「火車經過石子纍纍的大甲溪」，老師在「石子纍纍」旁，用紅筆圈了好幾個代表激賞的圈圈，從此，就開始我大量使用形容詞的作文生涯，我之所以走上寫作之路也許可追本溯源到這第一次坐火車的平生第一篇作文。

上大學時，寒暑假及開學，我年年扛著笨重的行李南下、北上。那陣子，電視裡，正夜夜播映有關旅程中發生美麗邂逅的通俗愛情連續劇《旅情》，充滿浪漫憧憬的年紀，每一回搭火車，都渴望如劇中人般，一抬眼，就有如男主角般的俊美男子坐到身旁；當然，每回也都不例外地希望落空。像伍迪・艾倫的《開羅紫玫瑰》所揭示，唯美纏綿的浪漫情懷只合停駐在螢光幕上，現實人生總是千瘡百孔，不是細瑣無趣、單調乏味，就是缺憾無奈。所以，儘管無限嚮往，一上車，找到位置後，老是絕望地看到鄰座若非宿醉的男人、粗鄙的老翁，要嘛就是啼哭的孩童、滿臉疲憊的少婦。

更讓人難堪的是，一趟北上的慢車，走走停停，大概得費上四、五個鐘頭，坐到幾乎地老天荒才罷休。其間得穿越好些個隧道，套句余光中先生的說法是「衝進山嶽的盲腸裡去了。」火車一進藏汙納垢的盲腸，難免撲面一陣腥臊，氣味難聞的黑煙毫不客氣地從窗外潛進，所以，整個行程得不時提防隧道的到來，手腳麻利地反覆關窗、開窗的動作，只要稍一疏忽，就有可能被黑煙燻得頭臉髒汙。沒有冷氣，只有搖頭晃腦的電扇在頭頂上無力的招搖；窗子即使敞開，因為車廂內通常擁擠吵雜，沒幾分鐘，也保證大汗淋漓，所以，一逕被汗臭及類似食物酸腐的氣味籠罩。那樣的車廂環境，事實上很難讓人產生不食人間煙火的純情玄想，然而，四、五個鐘頭窮極無聊的時間，又似乎足夠讓一見鍾情的男女，鋪展出一段小小的戀情。所以，我屢屢帶著希望上車、回回懷抱失望下來。

如今，高鐵車廂內，冷暖適度，座位寬敞，設備先進，窗明几淨，所有的周邊環境都有利情感的培養，但飛快的速度卻讓人很難產生綺念。設想一對乘坐高鐵的男女，恰好分別從板橋和新竹上車，高鐵衝出新竹站的剎那，二人四目相對，天雷勾動地火，一俟男子放好行李，脫下外套，打算好好攀談一番，方才掏出名片、斟酌著如何開場，高鐵已翩翩然飛進台中站。還來不及自我介紹或寒暄，女子就已取過行李，轉身離去，思之豈不悵然！託天之幸！我早已過了傷春悲秋的年歲，再無浪漫的幻想，不必因擔心錯過綺麗的邂逅而飲恨。

至於美麗的短暫邂逅，在高鐵上，我還真遇過幾番。

一次，因為追趕高鐵，錯過午餐，正飢腸轆轆坐上車，臨座一位年約二十的女子也許聽了我在電話裡跟家人低聲訴苦，竟然在我掛下電話後，將袋子裡的潛艇堡分送一分，她微笑著說：

「我們真是有緣啊，我正煩惱著該如何解決這些過量的食物，如果不嫌棄，能否就請你幫忙？」

原來她到高雄省親，疼愛她的高齡外公特地騎腳踏車去購來當地最有名的厚實潛艇堡兩個，給她權充午餐，外公顯然高估了她的食量。我們一路笑談吃喝，一個半小時後揮手道別時，竟覺依依不捨。

另有一回，我應當年東吳大學畢業的學生之邀前去高雄燕巢國中為她的學生演講。演講結束，我的學生特別奉上她的學生製作的讀書心得一冊。因為行色匆匆，未及當場展閱；等到上了車，特別翻出來細細端詳。圖文並呈的讀書心得，顯見我的學生如何細心地調教她的學生！讓我感到萬分欣慰。裝訂成冊的書中，中學生寫下對我作品的讀後，無論圖片或文字都顯得誠意十足。臨座的女士，不經意間瞥見，興味盎然地借閱，一看到封面上的一隻牛的額頭上寫著：「廖老師！您來了！」牛尾巴以魔鬼氈圍繞黏貼住封底，封底下方寫著：「燕巢國中出版社」，她笑開了臉！讚道：

「現在的老師好用心！學生也很有創意哦！」

讀了內容後，才驚訝地發現學生們閱讀的書本作者竟然就是我，她興奮地坦承也是我的粉絲。於是，她順著我剛出版的散文內容開始聊起，繼之請教我對台灣語文教育的看法，最後，竟然還掏心地向我坦露她的三角感情糾葛……終站到了！她留下一句充滿遺憾的有趣結語：「高鐵也未免開得太快了！」

說來，台灣高鐵來得真是時候，長年南北奔波演講的我，受惠最多。每個月，總會搭它幾回，稱我為高鐵最忠實顧客一點也不為過。早晨九點演講，早去午回；回到台北，還可以趕上下午的會議；如果是下午的評審，早上還可以先上兩堂課再行出發，回程絕對趕得上和家人共進晚餐。高鐵以合理的票價換取速度和乘車的品質，我有時甚至對乘坐高鐵懷抱悄悄的欣喜。我總是把最需要清醒腦筋才能從事的工作，如：文學獎評審或專欄稿件構思，留待搭乘高鐵時進行。因為彼時心無旁騖，最能專心凝神，成效也最為可觀；若是南下演講，能將內容在高鐵上再複習一次，當天的演說總是特別讓自己及聽講者滿意；說來奇怪，連在高鐵上閱讀，進度及領略都格外快速與深刻。以前，中南部地區的學校、文化中心或私人單位邀請演講，我總百般斟酌、多方推託，一則厭惡花太多時間搭車往返，而搭飛機又唯恐不夠安全。現在有了高鐵，這些顧忌都消失了。坐在寬敞明亮的車廂內，時而穿過一道又一道的隧道；時而潛入地底；時而騰躍高地；感覺好像騎在龍背上，任憑飛龍恣意穿掠，真是好不痛快！

如今，年齡像風馳電掣的高鐵在背後追趕，也許，退休後，可以考慮讓高鐵用最快的速度領著我看遍寶島風光，以便認真和歲月展開競跑，立誓將年齡遠遠拋到身後；也期待從二〇〇七年冬天開「駛」的高鐵，能一路長驅，將台灣帶向更加美好、燦爛的春天。

——本文收錄於二〇一三年八月出版《在碧綠的夏色裡》（九歌）

車上車下／上車下車

自從附近的社區被夷為平地，市政府在地上畫出一格一格的停車格後，我便將車子停回台中的老家院子裡。開玩笑！車子光停在巷弄裡沒發動，滴滴答答地，每分鐘都得收費，光想著，我的心臟便不勝負荷地狂跳起來。沒了車子，倒也省心，因為全心仰賴大眾運輸工具，上車、下車，車上、車下都有看不完的風景，我覺得自己變得優遊自在，相較於以前只要手握上方向盤，便目光炯炯，一副打算與眾人為敵的態勢，真是不可同日而語。以下是近日的幾則觀察。

01助理幫我贏得笑容的優惠

一日，因為要前往七堵的國中演講，請助理在網路上幫忙購票。去車站取票時，售票的女子看起來滿不開心的，臉色很壞。逢彼之怒，我嚴陣以待，免觸地雷，但注定無法倖免。

我戰戰兢兢遞過身分證，她在機器上操作過後，問：「所有車票都拿嗎？」所有車票？我還買了什麼車票？次日要去新北市的國中，不是跟助理說了會有人來接？我誠惶誠恐，虛心問：「請問我還買了去哪裡的票？」她生氣了，惡聲惡氣回說：「我怎知道！還要問你咧。」

我堆上笑容，幾乎是斜肩諂媚了。「請問是去瑞芳的嗎？」她睨了我一眼，回：「自己要去哪裡都說不出來，哼。」我真是慚愧極了。「抱歉，是助理幫忙網購的。」我說。

神奇的是，聽到「助理」買票，那位女士居然立刻收拾了餘怒，態度轉為溫和。她看了看身分證，再核對電腦資料後，很溫柔地告訴我：「是去花蓮的。」我這才恍然大悟，原來是前兩天東華大學通識中心祕書幫我預購的下星期普悠瑪車票，我得去一趟花蓮。

謝謝助理，你們的氣勢幫我贏得伊人的笑容。其實，我所謂的「助理」只是我的女兒，並不是立法院裡那些掌握權勢的立法委員的助理，如果她弄清楚只是一個窮教師的女兒，我應該不會得到笑容的優惠吧？我猜想。

02這輛車子會轉彎嗎？

去區公所申辦了一張明確昭告世人我已年老的「台北敬老卡」，搭公車時，會發出「逼逼逼」逼人太甚的聲音。回家時，原本可以開始使用，卻有一種莫名的抗拒感產生，彷彿只要接受了優惠，即刻會老上十歲。遂藉口疲累，招了計程車。

次日，出門搭高鐵去高雄演講，原本習慣搭公車前往火車站，卻故意東拉西扯地延挨著，等到快來不及才招計程車。從高雄回來時，再沒了藉口，外子回台中去，女兒加班，沒人在家等候我吃晚飯，我可以慢慢來。

早上搭乘的高鐵票是預購的，還沒接受敬老優待。我決定從免費搭乘台北市的公車起始，正式享用我的處女優惠行。下了高鐵站，覺得從車站搭到杭州南路口未免太便宜了公車處，決定要多搭兩站到永康街才下車，往麗水街吃一碗雪菜麵。下車時，三聲的「逼逼逼」竟然沒引起任何的關注，本以為司機至少會疑心如此年輕的太太是否冒用敬老卡，所以特意將身分證捏在手中備查，誰知司機竟然連頭都沒回一下，簡直是太傷人了。

回程時，僅搭兩站。快到杭州南路口時，一位太太突然往前面急急奔來，大聲詢問：「這輛車子會轉彎嗎？」沒人回答，我轉頭和這位無厘頭的太太眼神不小心交會。她又低聲問我：「這輛車會轉彎嗎？」不會轉彎的車子能開嗎？我心裡嘀咕著，卻也只能回她：「基本上，所有的車子都應該會轉彎，只是現在還不到轉彎的時候。」她看似放下心來，也可能警覺到自己的語病，不禁靦腆地笑起來。

話說我的姊夫年高九十，他從六十五歲起便堅持不用敬老卡，他說不想占政府的便宜，聽到「逼逼逼」三聲，讓他感覺彷彿矮人一截。但我覺得，車子該轉彎的時候，還是轉彎一下吧，會轉彎的車子才是正常的，我得用平常心對應「敬老票」。

03是個好男人哪！

順利搭上高鐵，前往嘉義。多虧主辦單位周到地預買了車票和便當。我輕鬆地上車，慶幸沒有跟同行的人比鄰而坐，演講前，我須要安靜。

提著咖啡和便當上車前，還請耳聰目明的主辦先生再度幫我確認座次，16A。找到16A，取出便當、咖啡出來，三兩下下肚，車子才徐徐開動，接著取出日本作家佐野洋子新作《我可不做這麼想》，一邊看一邊笑。旁邊坐著一對情侶正卿卿我我，我目不斜視。約莫過了五分鐘，忽然情侶之一推推我手臂，我抬起頭，一位婦人站在走道上問：「請問你的位置是這裡嗎？」難道連主辦單位的小夥子也被我的迷糊傳染？我趕緊掏車票，一面掏、一面喃喃自語：「難道不是16A？」兩位情侶都笑了，不約而同說：「這裡是14A。」我抬頭定睛一看，天啊！真是14 A。那位婦人人真好，讓我不用搬遷，她去坐我的位置。情侶之一的男士，很貼心地幫我解圍，說：「標示的數字太小了，不應該。」「是個好男人哪！你要好好珍惜。」我對他的女伴如是叮嚀。

04一種有節奏的和諧秩序存在

單獨由潭子搭乘區間火車到新烏日轉乘高鐵。可能是週日的關係，區間車內站了不少人，我擠進去，找到一個角落安身。忽然背後有人拍了拍我，見一男子指著空位讓我坐，雖然有些惆悵被看出年齡，卻又慶幸可以安穩搭乘。

坐下後，游目四顧，車廂內大大標示「請禮讓婦孺老弱」字樣。接著，我發現站著的幾乎都是男性。到台中車站後，人潮少了些。有個小學生上來，張望著找位置。一男子急忙起身，男孩跑過頭了，男子還去追回讓座，此起彼坐，車廂內隱然一種有節奏的和諧秩序存在。

我回想起上次搭乘台中客運時，也是如此。擠滿人的台中公車，只要有老人或婦孺上車，無論是否是博愛坐，立即有人讓座，真的好感人。

05痴漢被害相談所

在日本熊本搭乘電車時，坐在距離門口甚遠的座位上，發現一位少說八十餘歲、佝僂著背的白髮老太太上車後，完全沒有人讓座。坐在博愛座上的年輕學生，假裝沒看見；老太太踽踽走至我們對面，背對著我們看往窗外。女兒急忙起身讓座，老太太鞠躬又鞠躬，方才坐下。我們好吃驚，在台北，我從未見過這樣的事，日本人不是一向多禮嗎？那刻，我真是以身為台北人而感到驕傲。

但我也發現在鹿兒島搭觀光巴士瀏覽名勝古蹟時，車上都有廣播介紹當地的歷史，坐在車上，隨著廣播東張西望，好像化身小津安二郎《東京物語》裡被兒女招待著坐巴士逛東京的老夫妻，連廣播的聲音感覺都好神似、好熟悉，這種有廣播的觀光巴士讓人不禁興起思古之幽情。

有趣的是，忽然在車站一旁的警察局看到鐵道警察隊的招牌「痴漢被害相談所」，望文生義，應該是被色狼騷擾後報案或尋求調解的地方，想必是火車內的性騷擾事件頻傳，已需要有專門處所處理。但是日文的文法跟我們真是大不相同，明明是被痴漢所害，竟然成了「痴漢被害」，好像痴漢很可憐地被殘害似的。

自從成了大眾運輸工具的愛用者後，常有機會置身陌生的人群中，眼中看去，雖不盡然都是嫵媚，卻件件都是人情義理的展現。這些近身的觀察與接觸縮短了我和旁人的距離，也讓我感覺更真切地生活著，人生彷彿又走到了另一個境界。

——本文收錄於二〇一七年四月出版《像蝴蝶一樣款款飛走以後》（九歌）

第七節高鐵車廂內

去年，我拿到敬老卡，開始享受搭車半票的優惠，既歡喜又惆悵，我很難形容那麼複雜的矛盾；而我正好也就在去年底展開偏鄉的四十餘場義講行程，密集搭乘高鐵、台鐵、國內班機，託老人福利之賜，占了好大的便宜。

在網路上訂購了幾次高鐵票，驚奇發現座位不約而同都在七車，原以為是湊巧。其後，次數多了，才知道這是高鐵貼心的考量。第七節車廂不但有身障設施且車廂出口最接近月台的升降電梯，將老弱婦孺及身障者集中畫位在第七、八節車廂內，對這些行動可能較為不便的人士而言，堪稱非常友善的體貼。

搭乘高鐵的次數多了，發現高鐵的服務，不只是對殘障及老弱者的陪伴、照顧極為細緻，連語音的提醒、食物的販售、車廂內的清潔，都相當即時、有效率，工作人員的訓練顯然很到位。

除了留下這些好印象外，搭高鐵還另有發現。我常常在第七節車廂內，聽到座位附近的手機通話及交談，雖然聲音不甚大，一趟車程下來也稍稍可拼湊出對談者的生平或思想脈絡。我發現退休教授的搭乘率算是相當高的，甚至曾在一個月內和四、五位退休教授比鄰而坐，稍稍有所接觸後，逐漸對退休教師的心境有了些許觀察。

一回，從左營搭高鐵北上。我習慣在車程中閱讀或評審文學獎，因為沒有旁騖，感覺最能專心。坐定後，便取出一大落文學獎的徵文稿件來看，一邊看、一邊拿筆在上頭做注記。原本三人座的中間位置是空著的，台中站過後，上來了一位七旬左右的老先生，一坐下便閉目調息，我也兀自忙著，沒加理會。

當我在評分表上寫些簡單的評語時，忽然身邊有聲音傳來：「你也是教授嗎？」想當然爾，他也是教授。我看了看，我的教授身分可能是在主辦單位寄來稿件的封套上曝露出來。

我們邊簡單自我介紹，邊交換名片。他是T大科學院系的退休教授，用的是十年前退休前的名片，還有學校的頭銜和地址，背面則是英文版；我的名片很簡單，一面是我的名字電話，另一面是家裡地址和伊媚兒。我告訴他，我也從國立台北教育大學退休了，我沒加思考接著說：「我退休了，不好意思在名片上印原任教的……」還沒說完，突然警覺到無意中做了批評，趕緊把結尾嚥下去，轉成「我原任教的學校就在貴校的對門，隔著一條辛亥路，最近正在談二校整併的事，好像老談不攏。」

他問：「你們學校要跟哪個學校合併？」我搔搔頭，以為這是學界中人盡皆知的事，吶吶地回答：「不是跟你們T大嗎？」他笑起來說：「不可能的啦！整併沒那麼容易。每個學校都有各自的盤算，T大那麼大，怎麼會……」他話還沒說完，我插嘴：「是啊！我們學校的老師跟校友也有許多不喜歡的。整併了，老校友都沒母校了。」雖然，我急急插嘴有幾分是針對這位教授不經意的那一抹輕蔑的笑來的，但說實話，我從來沒喜歡過這個主意，當然，喜不喜歡無關宏旨，我這只是小人物的心聲。

這位教授開始談他的行程，他去霧峰的某政府單位評選案子，他還掏出公文給我看邀請公文上他的名字；然後，不知怎的，他談起他的風光往事：那些政要曾是他的學生；他曾是前總統的座上嘉賓；在某次聚會中，總統還可以叫出他的名字……我木木看著他，從他臉上彎曲的溝渠裡彷彿看到對過往歲月的諸多憑弔與惆悵。

到站了，他起身往前走後，還回頭跟我驕傲地補充：「我三個孩子都在國外。」我也不假思索回答：「啊，我兩個小孩都在身邊。」旋即覺得自己挺無聊的，這是較勁大會嗎？

另一回，應邀去嘉義的大學演講，仍舊搭乘高鐵。到板橋時，我稍稍整理了行李，學校送了一包有機米、一罐清潔劑、一個加框有盒的感謝狀，另有兩本各厚達四百多頁的書，實在太重了。我發現其中一本書已經看過了，便將那本書放進前方網袋內，想讓它另結緣分。

坐在旁邊的一位男士看到了，問我何不帶走。我說明後，他說能不能翻閱一下？接著表示想帶回去看，我自然欣然允諾。裡頭節錄了或詩或文共三百六十五篇，他闔上書後，開始找我大聲說話，說台灣人不知寶，中華文化就是因為日本人統治被殘害。如今的台灣人只是崇洋，誤以為西方的科學就比中國的文學厲害。

「如今呢！巴黎遇害，科學有啥用！救得了他們嗎？文化……」他比手畫腳放言高論，我認真追隨並整理他的言論，卻不得要領。在某一個頓號間，我搶問他：「您研究文化？」他說：「不！退休前我是電機教授。」我不自覺宣示主權：「我學的是中國文學。」他沒理我，接著說：「你們就是覺得電機比文學厲害嘛！是不是？以為……」我強勢打斷他的話：「對不起，我從來不覺得電機就比文學厲害。」他愣了半秒鐘，接著說：「你不是，但大部分的人都是吧！」我笑笑沒說話。

他不管，依然高談闊論，我抓到幾個關鍵字：「我在史丹佛大學教書時，看到李遠哲……」「台灣人太缺乏自信……」「母系社會……這個問題完全是女人搞出來的……」然後是：「我太太若知道我在高鐵上跟你說話，一定又要罵我亂蓋，無聊。」

台北站終於到了，我莫名其妙被轟炸了幾分鐘。因為他的聲音大，大家起身後，都往我們的方向看過來；我也立起身，找了個他的語言空隙，帶著微笑跟他說：「你太太是對的，也是睿智的，如果我家的男人跟你一樣，我也不放心。」講完，快步走到他前頭，我彷彿還聽到他在身後掙扎著說：「女人最愚蠢，想控制男人，殊不知……」我下車疾步走開。

還有一回南下高雄，從新竹站上來一位穿格裝上衣的老先生，就坐我身邊。落座後，他先取出手機打電話：「我已經坐上車子了。」對方的聲音從話筒裡流出，聲音恭謹：「我知道了，教授小心，再見。」我心裡想，老師去看學生吶，真好。

老先生謹慎地收回手機，接著從黑色包裡取出一個鮮紅的紅包袋，抽出其中的鈔票數著。我不自覺在心裡跟著數：「一、二、三、……」總共十二張，一萬二千元。接著，他再把鈔票塞回袋內，從表情看不出滿意否。我心裡想著：「必然是一位受敬重的老師吧？」我羨慕著，當我像他一般老的時候，會有學生這樣對待我嗎？

他的手機又響起，是相當特別的來電鈴聲：「來迎接旅客的朋友，從北京來的飛機就要……」他接起電話，慢條斯理說：「我的車子一點三十六分到左營……」沒結束，車子過隧道，訊息中斷。無數個隧道接踵而至，他的手機不停地在各個隧道與隧道之間的縫隙響著。他不為所動，不接。我正替他心焦吶，他往窗外探望，暫時是一片平疇了，他才好整以暇接了，電話中的男子說：「爸，我一點四十分在老地方接您。」

好理性淡定的老人家，他不跟隧道比賽速度，不作無謂的匆忙。我不禁又想著：等我跟他一樣的年紀時，我的兒女會不會跟他的兒子一般有耐性、有孝心地對待我啊？

我攤開的書仍留在同一頁，但老先生已安穩地勾著頭睡著了。

滄海桑田，在高鐵車廂內的交談中聽得最分明。退休後，有人兀自耽溺在往日的輝煌中，不願直視眼前；有人自始至終執拗堅持某些信念，不肯稍作改變；有人怡然地享受著晚輩的孝敬憐惜，過著悠遊的新生活。在第七節高鐵車廂內，我彷彿看到老人時代施施然前來，但退休老人的性格、所處環境各異，晚境看來真是大不同。而我也退休了，看著別人、想著自己，不免常反省：「我自己是屬於哪一類的退休族？」

——本文收錄於二〇一七年四月出版《像蝴蝶一樣款款飛走以後》（九歌）

這個喧囂的年代

七月，我姊姊病危時，我搭高鐵南下，在烏日高鐵站轉乘接駁車到榮總。晚間七點多，乘客經過一日的工作，都一臉疲累。這時，有一位中年婦人拿著開著擴音器的手機大談特談著她和某位親戚的糾纏不清的心事，聲音之大，全車都聽到了。

我忍了又忍，十分鐘左右，終於忍無可忍。我轉過頭，鼓起勇氣，朝她說：「請關掉擴音器好嗎？也請小聲點，我們不想分擔你的心事，我們自己也有很多心事。」車裡其他乘客都笑了。婦人愣了一下，朝手機裡的人說：「我要掛電話了，有人抗議了。」大家都鬆了口氣。有人在先我一站下車時，過來跟我致謝，但我覺得對那位婦人很過意不去，可我真的也是心事重重啊。

在某次聊天時，我不小心提到這件事，居然引發諸多共鳴，被推為英勇肅「音」楷模，我才知大部分的人都曾遭遇過類似噪音荼毒，但真正敢出聲制止的卻不多。

這個喧囂年代，彷彿百無禁忌，醜事、樂事都不吝於跟別人分享。高鐵上講手機、放送音樂的人尤其多。一回，搭高鐵南下，咿咿嗚嗚的奇異樂音一路在座位後方嗚咽。聲音嘈雜斷裂，已經不能稱之為音樂，較接近噪音。幾度想要回頭制止，終究忍住。就在崩潰臨界點，車上服務人員終於出面制止，感謝天。服務人員請他改用耳機，他一副茫然狀，只好請他關掉。旁座耳語說是有人無法忍受，去投訴的。

另一回更離譜，在北上的高鐵上，有人用擴音講手機。從台中直講到桃園，方圓十步之內的人都對他的行業、經濟狀況及家族糾紛有了八成以上的理解。我本來想跟他說不要用擴音吧，但他的語言頗具魅力，峰迴路轉的，我看乘客都沉浸在敘述情節的起伏中，跟著皺眉、嗤笑，實不忍讓諸多豎起耳朵聽得興味盎然的聽眾掃興，只好忍耐。

另有一回，一上高鐵，座位旁已坐了一位講手機的年輕小姐。不誇張地說，這位小姐從我上車到下車的一個鐘頭間，一直講、一直講，沒完沒了，我懷疑她打算講到地老天荒。每一個看似可能結束的段落，原都以為會譜下休止符，她卻都神奇地再接再厲，另闢出新話題。

她的聲音低低的，沒專心聽，聽不出說些什麼，但那種綿密、沒間斷的呢呢喃喃，格外引人焦慮。實在講太久了，她又斜靠在我身邊，把手機斜立在座位前的小桌上，擺明了不怕人窺祕，我忍不住偷覷了幾眼。一位躺在床上的男生，裹著棉被翻過來、翻過去的，惺忪著眼，一直調整著軀體的方向與姿態，明顯沒什麼熱情地漫應著。但那樣的冷淡、甚或不耐煩的肢體語言，卻一點也沒澆熄那位小姐的興致。

我幾度想提醒她：「就饒了他吧，讓他再多睡一會兒。」卻找不到適當的切入點，她的話密度好高，興致也很昂揚。我想勸說她：「留些話以後說，才能講得長久一些。」也找不到空隙說。台北到了，我收拾了被荼毒許久的耳朵準備下車，那位小姐依然安坐著，講著，呢喃著。我第一次淪肌浹髓地理解了「口若懸河」成語的精闢。

捷運上的噪音多來自乘客，計程車上的噪音多來自愛搭訕的司機。前幾天，去參加新北市文學獎頒獎典禮，所搭乘的計程車司機，也是個「話濟過貓仔毛」的男人。原本我預留了寬裕的搭車時間，誰知他一遇綠燈還有十秒以內的，就緩緩踩煞車，等候紅燈亮起，只為爭取談話時間。他從我上車附近的兩家小籠湯包談起，比較和鼎泰豐的不同；扯到他家原本開油行，供應老鼎泰豐；接著峰迴路轉，捨油行，經營粵式餐廳，和隔壁家餐廳一拚死活。以少五元且多一荷包蛋吸引學生客源，打趴對方，展開生死鬥；眼看已然占了上風，又如何被對方用提高房租收買房東釜底抽薪，將他趕走……不時還考試一樣對我提問，不專心聽還真答不出來。他講得口沫橫飛，風起雲湧，我是聽也不是，不聽又失禮，搞到最後差一點就遲到，真是急死人。另有一回，為了與平路在永樂座的「《袒露的心》生命中明白與不明白的」對談，我先在電腦上不斷Google前往永樂座的方式。最後感覺沒把握自己能開車抵達，臨時改變主意，就拿著Google出來的小抄上了計程車。

司機約莫是看我拿著紙條一副胸有成竹樣，問我該怎麼走較好。我說：「那就從新生南路三段八十六巷轉進去！接著左轉羅斯福路三段二百八十三巷，找到二十一弄左轉，目的地就在左邊。」司機欣然決定聽命行事。誰知到了，才發現八十六巷是單行道，可出不能入。司機於是從下一個距離遙遠的巷子進去，這下子，所有的左右都亂了。先前司機還很篤定的，但繞過來、走過去的，就是找不著。原本十五分鐘的車程幾乎繞了半個鐘頭還沒頭緒。二百八十三巷七弄找到了，就是沒看見二十一弄。

一路上，我建議他開窗問路人，司機堅持自己找，說路上那些人都是遊客，沒用的；繞了又繞，像鬼打牆，司機後來也慌了，給我戴高帽說：「你比較聰明，就聽你的，打開窗子問吧！」問了幾個，都笑著說是來玩的，或搔首說不知。這下子輪到我謙虛起來，承認司機「你是睿智的，果然真的都是觀光客。」

兩人謙讓，並沒有辦法解決問題。我的問題較大，一屋子的人等著，眼看就要遲到了，我逼著司機想辦法；司機賴皮，趕我下車，說：「應該就是這附近了，不會太遠。」我不肯下車，跟司機爭吵：「我若下車自找，幹麼搭你的車，不就是要仰賴你的專業！不然，我搭公車或自己開車就行了。」兩人僵持不下。於是繼續繞，車費原本約莫應該一百四十元的，繞到近三百元，我才悻悻然下車。司機找了錢後，還說風涼話：「這裡就是羅斯福路二百八十三巷了，你自己去找二十一弄吧。」

像鄉下人進城一樣，下了車，四顧茫然。這時，手機鈴響，主辦單位急了，問了周遭方位，讓我站立原地，別動，她們來領人。這整個路程，車內只有司機和我二人，卻因為當日講題所示的「生命中明白與不明白的」辨識而全程喧囂躁動，一如千軍萬馬。

台灣時興讓座，但像我這樣頭髮未白、年齡又不小的尷尬年紀的人常感為難。每回坐公車，常常為了該不該坐上博愛座傷透腦筋，內心時時上演小劇場：前面這個人年紀大還是我比較老？我坐上會不會太托大？而讓座與否，又常常攪亂一車的安寧。有人明明老到四肢發顫，卻死也不肯就坐，讓讓座者好尷尬。

一次，從北市府開完會，天色已然暗了下來。小周末，為了慰勞自己一週來的辛勞，我繞到新光三越的超市去買了些燻鮭魚，打算晚上小酌一番。不小心又多買了些生鮮蔬果，加上市府為委員準備的餐盒，兩手都不夠用了。

搭上二十路公車，四下張望，站立者中看來沒有比我年長的了，我慶幸地找了個博愛座坐下。博愛座共六個座位，我坐下後，剩下左右各一及對面一個空位。

過一站，從前門上來一位婦人和一位高中生，看來是她兒子。婦人坐到我左手邊，示意兒子也坐，我識相地往右邊挪了個座位，讓他們母子倆坐一起。

再過兩站，人越來越多，從後門上來兩位頭髮花白的老人。那位高中生立刻站起來，我向那兩位老先生招手，示意他們可以過來坐年輕人讓出來的位置和我對面一直空在那裡的另一個博愛座。

頭髮較黑的老先生猶豫了一下，走過來坐下後，指著前方的空位招同行那位頭髮較白的；用嘴巴叫、用手招，那人就是不肯過來，只一直說：「毋免，連鞭（一下子）就到了。」不肯就範。旁邊的老先生有些生氣，朝我說：「歹扭搦（難搞），敢著愛我姑情（難道要我求他），莫睬伊。」

我笑著回他：「遮爾仔客氣。」我想了一會兒，問他：「你彼个朋友是毋是想欲佮你坐作夥（坐一起）？若無，我去坐對面彼位（那個位置），你叫伊來坐我這位。」

他還沒回話，我搬了大包小包東西過去換位置坐，整車的乘客就看我們耍把戲似的，我招那位堅持不坐的老先生說：「你較緊過來佮恁朋友同齊坐啦，你毋坐，逐家攏歹勢坐呢。」（你趕快來跟你朋友坐啦，你不坐，大家都不好意思坐哪。）

老先生擋不住我的熱情，只好過來坐下，嘴裡還嘟囔著：「就連鞭（一下子）到了，多謝啦，歹勢咧。」

直到我下車的信義杭州路口，我們每對望一眼，他就客氣地跟我點頭道謝，害我眼睛只好保持斜視，不敢正面對著他。臨下車，我起身，他又朝我說多謝。我笑著半開玩笑責備他：「猶講連鞭（一下子）到，到這陣都猶未落車！」他爭辯：「我到西門町就落車囉，連鞭到。」西門町！從台北的最東邊坐到最西邊，叫做「連鞭到」？

幸好台灣不大，所有的搭乘大多「連鞭到」；所有的喧囂都在靜默乘客的崩潰臨界點前畫下休止符，託天之幸，總算都沒釀成大禍。

——原載二〇一八年二月五日《中國時報．人間副刊》

輯四

汽車冒煙之必要

送行

暑假期間，和十幾位教授一起到南京開會。因為是首度出遠門，雖然有熟人同行，外子仍很不放心，堅持送我到中正機場，他說：

「你這個人太糊塗了。出了機場，我看不到就算了，不要在還沒出機場前就先遺失了。」

說這種話，實在很瞧不起人，如果單為尋回尊嚴，理應悍然拒絕他的好意。但是，憑良心說，糊塗事做多了，要想保有尊嚴又談何容易！我對自己也沒有多少信心。

一大早，上高速公路前，我們先繞道基隆路接了李瑞騰教授。到了機場，外子去停車，我緊緊跟住李瑞騰，唯恐稍有閃失。過了好久，才看到外子在人海中四下張望。我高興地朝他揮手，一位老兵模樣的男子突然攔住他說話。開始辦手續了，他老兄帶著方才那位老兵匆匆過來說：

「這位老先生不會填資料，我看，我先幫他一下。」

老先生滿臉惶恐，朝我深深一鞠躬。助人為快樂之本，這個忙該幫，我豪氣地說：

「別管我！我自己行，你去忙他的。」

過了好一會兒，好不容易看他奔回來，正慶幸失而復得，只見他氣喘吁吁地說：

「剛才我順便帶他去辦出關手續，他的行李超重，我帶他繳錢去，你等一下哦！」

說完，也不等我說話，忙不迭地跑了。我只好又回頭緊盯住李瑞騰。偏是李瑞騰也像花蝴蝶般，忙著在附近和熟人打招呼。幸而他的行李重，沒到處跟著跑，我只要看住行李，他就準跑不掉。

機票出了些問題，我有些著急，李瑞騰正和辦事小姐討論著，我一邊張望著，總算又看到滿頭大汗的外子帶著那位老先生奔來，我急急地拉住他，正要說話，外子倒搶先開口：

「很抱歉！出關手續是全辦完了！可是，他不知道在哪裡登機，我得帶他上去！」

「可是我……」

我話還沒說完哪！他已一溜煙跑了，我愣在那兒，有點兒啼笑皆非，到底這人是來送誰？

所有手續都辦完了，還不見外子下來，眼看著他上班時間就快到了，我一方面頻頻看錶，一方面往樓梯處張望，另外，還要維持一定比例的笑容和陸續前來的同行者打招呼。終於，看到他大跨步下樓，慌慌張張跑過來，匆匆忙忙和大夥兒頷首為禮，接著，看了看錶，說：

「糟糕！我快來不及上班了，我得走了。」

從下車到現在，我都還來不及和他說上一句話哪！他就要走了！大概他也看出了我的惆悵，走了兩步後，又回頭攬過我的肩膀說：

「來！來！相機拿出來，我們請李先生幫我們照一張相片，以資留念。好不好？」

那捲照片，在旅遊途中，不小心曝光，三十六張照片幾乎全毀，而這張中正國際機場拍的第一張照片，意外地倖存下來。親朋好友們看到了這張狀似親密的照片，都用欣羨的口氣說：

「你先生對你真好哦！還去機場送行。」

鐵證如山，我半點抵賴不得，只能苦笑。

——本文收錄於一九九四年一月出版《不信溫柔喚不回》（九歌）

人人都是恐怖分子

八月中旬，外子和我收拾了行囊，直飛美國西岸。知道我們將有美國行的朋友，無不露出關切的表情，欲語還休地提醒我們：

「要注意安全哦！……你們怎麼挑這樣的時間出去！」

原先還不疑有他，次數多了，才驚覺其中大有蹊蹺，原來大夥兒全在暗示九一一恐怖攻擊可能歷史重演。果不其然，由洛杉磯、舊金山、愛荷華、芝加哥、北卡直到紐約，一路上，我們不停地面臨安全人員嚴密的搜身與行李搜查。對一再被當作恐怖分子的嫌疑犯，我的心情十分複雜。一方面對滴水不漏的安檢感到受到保障的放心，一方面則屢屢跑到洗手間攬鏡自照，對一向自認的慈眉善目起了疑竇。

安檢顯然有著嚴重的國族區隔，幾經觀察與研究發現，但凡美國公民，一律輕騎過關；

只要拿的是外國護照的，鮮少不經行李翻看、四肢電檢的繁雜程序。受檢者雖表情各異，有的一本正經，有的嘻皮笑臉，然而，也許是念及安檢的重要，多半毫無怨言的言聽計從：取出口袋裡的所有東西、解開褲袋的環扣、張開雙臂、轉身、將長褲褲管拉高、蹲下身、脫去鞋襪……探測棒在身前身後上下移動，發出「嗶」一聲時，便重複檢驗。我總擔心生殖器上入珠的男人，在「嗶」一聲不斷時，將如何向美國的安檢人員證明自己的清白！奇怪的是，當我向外子提出這樣的困惑時，卻只得到「真是杞人憂天！」的回答。

更奇怪的是，我每次受檢，總刻意對安檢人員齜牙咧嘴、做出天真的表情，以示純潔無邪。明明就肯定不是恐怖分子，卻還刻意做出不是恐怖分子的樣子，連自己都覺心態可議。通關後，我常常唾棄這樣無聊的行徑，卻在下一回的搜身時，故態復萌！我懷疑這是不是潛意識裡潛藏著恐怖攻擊念頭的反動。

不管行李大小，無論隨身或托運，所有的行李幾乎無一倖免的被徹底翻檢。最嚴重的一次，發生在愛荷華機場。小鎮上或者因為民風質樸，對恐怖分子特別敏感、緊張。我們的兩口箱子和兩只手提袋內的東西，悉數被一一抖出、再重加整理。經過整理過後，原本雜亂無章的衣物，頓時顯得秩序井然。負責的黑人小姐，表情嚴肅，如臨大敵，手上的探測棒連衛生棉都沒輕易放過，搞得我們緊張兮兮，甚至開始懷疑自己是不是真的在搞破壞！當他們從外子的隨身包裡，搜出一只削鉛筆的小刀時，竟然興奮地露出抓姦在床的勝利微笑，隨即鄭重其事地宣布必須將刀子沒收。只見外子訕訕然解釋道：

「我是個畫家，刀子不過是為削寫生用的鉛筆而準備的，沒收了正好，橫豎已經用不上了！」

語氣和神情，除了一點阿Q外，我發現，竟然還有一點被識破的愧赧！

「小心！恐怖分子無所不在！」忽然想起在加州某個街道轉角無意間看到的這樣一則標語，我不禁瞿然大驚！

——本文收錄於二〇〇三年十月出版《不關風與月》（九歌）

汽車冒煙之必要

忽然接獲一位自稱是小學同學的女子來電，五十多歲的丈夫成天心情亢奮：「說是轉班過來的同學，在生疏的班上，曾接受我溫暖的照顧，特別打電話前來致意。啊！我都不記得有這回事了，連曾經有過這樣的一位同學，都印象極為模糊，而她提起的幾個同班同學的名字竟也記不分明了！」

丈夫喜孜孜地轉述著。她不免起了疑心，這年頭，什麼樣希奇古怪的騙局都有，誰知道是不是詐騙集團的新花樣！丈夫聽她這一提醒，即刻轉換說辭，說是仔細一想，又彷彿有些印象了。

每隔幾日，那位女子就來一通電話敘舊，並要求見面，以當面致謝。由談話中，夫妻倆逐漸拼湊出女子的現況：是位因婚姻失敗而離群獨居的寂寞女人，企圖擺脫不堪的過去、重新建立新的人際網絡。女人咯咯的笑聲不時從電話中傳出，一向缺乏風趣的丈夫忽然在對談中變得幽默。基於對人性的粗淺了解，她和躍躍欲試的丈夫約法三章：

「這種寂寞的中年女人最麻煩、也最危險，你跟她見面，我不反對，但是，千萬別單刀赴會，要去，得帶著我同行。」

丈夫訕訕然，嘟囔著譏嘲她過慮。而因為忙碌，一直沒能敲定見面時間，事情彷彿就這樣被暫時擱置了下來。

一天，她在繁忙的工作中，抽空和丈夫通了電話，萬萬沒料到丈夫居然跟她說：

「她今早又打電話來，既然你這麼忙，就不必刻意見她了。我已經跟她約好，由我搭車到桃園的某餐廳，一起吃個自助餐，跟她會上一面，就算了了一樁心事！老拖延著，也不是辦法，好像我們多跩似的。」

她嗒然掛下電話，覺得丈夫似乎言之成理，卻又好像有些不大對勁，想想，又說不上是哪裡不對勁。因為忙碌，無暇細思，也就將它置諸腦後。

那夜，丈夫遲遲未歸。她繞室徘徊，越想越焦慮。接近十點左右，才打來電話，說：

「我們吃過飯，才八點多鐘。她堅持送我到汽車站，沒料到迷了路又塞車，到車站居然都快十點。更氣的是，我搭乘的國光號汽車竟然半路開始冒煙。司機怕危險，把我們趕下車。我現在正在高速公路的匝道上，等著轉乘下一班的國光號，可能會晚一些回到家，你別擔心。」

簡直像天方夜譚！事情還真是湊巧！塞車之說，就算合理；在地人迷路的可能有幾分？車子半路冒煙的可能性又有多少？而三者同時發生的機率，不是和被雷打到的機率不分上下嗎！怎麼偏都發生在這個節骨眼上！她悶聲不吭掛下電話，一股無名火從心裡直往腦袋竄出！

「汽車冒煙？我看是你的心裡冒煙哦！」她冷笑著，揶揄著回到家的丈夫。丈夫駭笑著，四兩撥千斤：

「事情還真是湊巧！若不是身歷其境，連我都很難置信，你不肯相信，也在我預料之中哪！」

那晚，她輾轉反側，半夜偷偷起身，想查看丈夫的通聯紀錄，竟然遍尋不著他的大哥大。疑竇更生！難不成丈夫將電話藏起？她躡手躡腳靠近床邊翻找，男人轉身，含糊問她要幹什麼？她不好意思回答，只好作罷。

第二天，發現丈夫的大哥大刺刺躺在客廳。下午，丈夫在大哥大的電話簿裡，赫然發現女同學的名字已然被修改成了「妖精」。

——本文收錄於二〇〇六年一月出版《公主老花眼》（九歌）

嚴格說起來

座位的左後方，忽然傳來男子的聲音：

「有兩件事跟您請教！」

當是跟她說話，她轉過頭去，發現男子原來正打著大哥大。

「雖然是兩件事，嚴格說起來，也可以說是同一件事。」

這可勾起她的好奇心了！什麼樣的兩件事，在嚴格說起來後，會變成一件事呢？通常不是越嚴格後，事情會因為越精密而變得更複雜嗎？她不由得豎起耳朵來。

「是這樣的，第一件是我們已經把他們二十三個人送到桃園去了。二十三個人中有兩對姊妹，另外還有一家四口的，還有一對遠房親戚，總共我們預訂了八個房間……」

也許發現高亢的談話已引起車上乘客普遍的關注，男子在關鍵時刻忽然警覺地開始放低音量，低聲說了些什麼。接下來又忘形地大聲起來，就這樣，斷斷續續的，她一路為他的敘述拼湊劇情。二十三個人，不管相不相干，被送到桃園的旅館！工作嗎？還是旅行？看起來比較像是旅行團，不過，為什麼只訂了八個房間！怎麼睡？且慢！有後續：

「不行！不行！這是行不通的！……接續下來是關鍵的第二個問題。基本上，我們雖然盡量不預設立場，但是，大夥兒對桃園的地形完全不熟悉，雖然打算把他們……」

她嚇了一大跳，不會是人蛇集團吧？她側耳認真傾聽，如果真有不法情事，她是絕不會坐視的！

「啊！我到站了啦！……下車！下車！我要下車！」

男子邊起身衝向前方對著司機喊著，邊朝著手機裡的人說：

「總之，這件事經過評估之後，我們老闆覺得利潤不高卻風險不小……」

她想弄清楚「利潤不高、風險卻不小」的，到底是什麼事！也虎地站起身，拉長了耳朵，想跟著衝下車，稍一猶豫，車子又開動了。

「應該追著下車去一窺究竟的，萬一因此破獲大規模人蛇集團……。」她扼腕自責。只因承諾趕赴城東的一場喜宴去祝福一宗美麗的婚姻而因之可能錯失了拯救一群無辜男女的機會，這樣不顧社會公義的行為是該受到唾棄及譴責的吧？

她很快在腦海裡回想，男子的談吐倒像是個知識分子：「雖然是兩件事，嚴格說起來，也可以說是同一件事。」分明是讀書人才會有的裝模作樣的修辭。人倒是長得端正清秀的，只是仔細回想起，表情似乎隱藏幾分邪惡！她惋惜地認定那必是長期受到黑社會濡染的後果。然而，二十三個人怎麼訂八間房？這算數是怎麼算的？除去他說的「兩對姊妹、一家四口、一對遠房親戚」之外的五個房間，如何分配給剩下的十三個人？其後的三天，她一直陷身這道難解的數學題目中，後悔國小階段的雞兔同籠問題一直沒弄得十分清楚。她直覺認為這和雞兔同籠的計算有關，卻又說不出來關聯何在。虛心向學理工的丈夫請教，丈夫沉吟半晌，正經八百地回說：

「基本上，這可以從幾方面來看，你要說它們有關也是可以的，要說它們不相干也沒什麼不對，嚴格說起來……」

天啊！莫非車上的那位男子下車後，轉呀轉的，轉到家裡來了！

——本文收錄於二〇〇六年一月出版《公主老花眼》（九歌）

我的捷運經驗

幾次坐捷運，都和外子同行。因為新鮮，我老是東張西望。看長廊四壁的圖畫、吞吐的購票機、典雅的天花板圖形，甚至是捷運週邊的竹影。至於如何搭乘，因為上上下下、左穿右行的，情況顯得複雜，既有頭腦靈光的人領頭，所以從未將它放在心上。

一回，代步的愛車送廠保養加板金，外子建議我試試便捷的捷運。我對繁複的轉乘、出口頗多疑慮，他語氣輕鬆地說：

「搭捷運，又方便、又迅捷，絕沒有你想像的困難，包準你搭過一次便會愛上！」

於是，就在他的指點與鼓勵下，獨自成行。我謹記「必須搭乘綠線」的吩咐，誰知所有進站的捷運車竟都是滾藍邊的！等了幾班車後，我急了！請教了其他的乘客，才知所謂「綠線」也者，只是車廂上一小塊的告示牌，並非整台車子都得滾上綠邊！

車行至古亭站，忽然聽見「到中和的朋友得在這兒轉乘」的播音，我馬上面臨另一波的抉擇，到底我的目標「景美站」是歸屬「永和」？還是「新店」？是該繼續坐下去，抑或得當機立斷的下車轉乘？幾秒鐘過後，我還來不及行動，車子已經緩緩關了門，幫我作了困難卻正確的決定。到了景美，出了驗票口，第二道難題又出現了！眼前出現2號及3號出口，到底哪一個才是最好的選擇？我思索了一會兒，決定遵照一向「右派」的思維，走右邊的2號出口，竟然又一次成全了我的睿智。

回到家後，我興奮地傳達成功的訊息，並加油添醋地把先前的無心插柳說成聰明的抉擇。外子並不隨之起舞，只輕描淡寫地說：

「這都是common sense啦！沒什麼！」

首航的空前順利使我錯估了形勢，接下來是學生期末考的日子，我唯恐遲到，特意將時間估量得稍稍寬裕了些。在下捷運樓梯時，發現先前的月台上已有一列車等在哪兒，我不假思索地拔足狂奔進去，慶幸「趕得早不如趕得巧」！因為前一天得意的經驗，我有些輕敵，沒當一回事。等我稍稍回過神，才發覺所有播報的站名似乎都十分陌生，當「南勢角」的名字出現時，我終於了然大錯業已鑄成！

我立刻以電話商請系裡的祕書待命，以備「來不及」時，代為監考。祕書的聲音裡透露出無限的同情，她安慰我不必慌張，並殷切指點我「浪子回頭」！我按照指示，轉來轉去，好不容易到達景美時，忽然看到一位學生在前方回頭朝我嫣然一笑，我如異地乍見親人，顧不得其他，急忙追上前去。那裡知道，人潮洶湧，稍一眨眼，立刻消失了她的蹤影。我左顧右盼，發現正置身在陌生的1號出口，昨天的2號出口到哪裡去了？我又急又氣，完全失去了方向。

那日，疲憊地回到家，對「同一月台，居然來了不同的車子」一事大表不滿時，外子非但不同仇敵愾，居然還搖著頭，笑說：

「這是common sense啊！大家都應該知道的啊！」

——本文收錄於二〇一〇年六月出版《五十歲的公主》（九歌）

夫妻一起開車

都會開車的夫妻長期同車而從未翻臉者鮮矣。曾聽詩人席慕蓉說，她開車，先生坐旁邊，下車腳痛，因為屢屢在一旁幫她煞車；丈夫開車，她心痛，嫌太慢、過分謹慎，老想著幫他催油門。所以，他們夫妻盡量不同車，各開各的。

我們的狀況也差不多，我貪快，老想著遠方的綠燈就快翻紅，一路追綠燈。他總愛在旁邊不時用高亢嚇人的音調高喊：「小心！」攪得我心煩意亂；且還喜歡囉里囉唆地提醒這、提醒那的。車子剛發動，他就說：「開燈！」手剛轉開燈，接著「後照鏡！」然後「安全帶！」老拿我當小學生看待，挺讓人不舒坦的。而他開車規矩特多，禮讓路上的行人自不在話下，黃燈還沒亮，他已經停下等紅燈了。我承認我心急，但明明在直行車道上，還禮讓轉彎車輛，讓對方駕駛不知所措，也未免過分了些。

剛才從台北南下回台中，到最後一個轉彎路燈時，他又指導：「綠燈，可以轉彎。」

「謝謝指教，老師。」我沒好氣地回他。「你以為像我這樣每天急著闖黃燈的人，難道會放過綠燈嗎！」

「誰知道！也許正說著話沒注意到，提醒一下嘛！」他說。

「像這種簡單的交通號誌，就請不用雞婆了。等我錯過了，你再來糾正，行嗎？」

「到時候，你又要怪我沒提醒你，害你錯過轉彎。」他又說。

「呦！最近口齒很伶俐哦！頗有青出於藍而勝於藍的態勢哦！」我謿諷他。

「沒辦法！求生存嘛！」他嘆了口氣。

——本文收錄於二〇一二年八月出版《為什麼你不問我為什麼》

焦慮的漫遊

為了體驗高鐵之外的交通工具，今午，我們決定悠哉遊哉去搭台鐵自強號北上。雖說要習得「慢活」的生活態度，但也不希望浪費時間。於是，在網路上先Google一下台鐵時刻表，由豐原開往台北的自強號約莫一小時一班，午後每四十五分都有班車。我主張先購票，外子則說「如此受限，何必！幾點到就搭幾點的，不必太緊張。」於是，吃了早午餐，十二點整出門。我假裝漫遊，其實相準十二點四十五那班車。巷口一個紅燈，讓我們錯失了一班五十五號豐原客運；等了許久，終於姍姍來了另一班。上了車，找了左右各一個座位坐下，我心裡有些急，卻隔空用無聲的唇語跟外子微笑說：「不急！」

八公里內免費的台中公車，每站都有人下車，也都有人上車。司機先生像是春日漫遊般，慢條斯理，我按捺住胸中的燥火，試著對窗外微笑，卻看到反照出的眉頭一逕深鎖。

「天啊，在站牌下的歐巴桑，妳也未免太不經心了吧，車子都來了，怎麼還不提起行李！」我在心裡嘀咕著。

「幹麼呀，你以為你是皇上啊！到站了還不趕快起身！」我在心裡咒罵著站牌下依然端坐的太太。

「顫巍巍的老先生，你的家人哪裡去了？任憑你隨處趴趴走。」我在心裡催促著。

一位老先生好不容易龜速下車了，還回過頭豎起拇指鼓勵司機：「汝開車真穩！真讚。」司機原本已關了半扇門，又開了門回應：「你無甘嫌啦！」司機被這一讚美，車子越開越穩，明明可以通過的綠燈，慢成了紅燈。我心裡急死了！已經十二點四十了，車站卻還在遠方。我無奈地朝外子說：「一定來不及了。」外子頷首微笑。

終於千迴百轉地到終點站，正好十二點四十五。火車站在一百餘公尺處，我說：「快跑！也許車子會delay，我們還有機會。」外子說：「不可能的，我們就試試到台北的豐原客運吧。」匆匆到客運售票處，車剛開走，還要等上兩個鐘頭，外子洩氣地低下頭。

「趕快跑！不要放棄！我以前常搭火車，很少準時的。」我話沒說完，先就起跑，外子只好隨著追。站外的圓環前，亮著紅燈，卻空無一人一車，外子停住腳步。我喊：「給我拜託一下！就闖一次紅燈吧！沒車。」我飛也似的跑，外子只好婦唱夫隨。我提過外子的行李，指使他到售票口問問車子開了沒？我做出奔往月台的預備動作。售票員問：「幾位？」車子還真delay！我高呼萬歲，先開跑。

氣喘吁吁奔到月台，火車正好徐徐開進。我們趕緊跳上車。賓果！時間：十二點五十。找到位置，坐下。我得意地說：「永遠抱持希望就沒錯。」外子回：「這樣真的很危險，我們年紀大了，要格外小心。」我嘀咕著：「你老了，我可沒有，別拖我下水。」

——本文收錄於二〇一五年一月出版《老花眼公主的青春花園》（天下文化）

汽車冒煙之必要——廖玉蕙搭車尋趣散文選

國家圖書館出版品預行編目（CIP）資料

汽車冒煙之必要：廖玉蕙搭車尋趣散文選／廖玉蕙著．--
初版．-- 臺北市：九歌，2018.07
面；　公分．--（廖玉蕙作品集；18）
ISBN　978-986-450-197-7(平裝)
855　　107008788

作　　者——廖玉蕙
繪　　者——蔡全茂
責任編輯——張晶惠
創 辦 人——蔡文甫
發 行 人——蔡澤玉
出　　版——九歌出版社有限公司
台北市 105 八德路 3 段 12 巷 57 弄 40 號
電話／02-25776564・傳真／02-25789205
郵政劃撥／0112295-1

九歌文學網　www.chiuko.com.tw

印　　刷——晨捷印製股份有限公司
法律顧問——龍躍天律師 ・ 蕭雄淋律師 ・ 董安丹律師
初　　版——2018 年 7 月
定　　價——340 元
書　　號——0110718
I S B N——978-986-450-197-7